러빙유

LOVING YOU~

< 질·투·의·화·신·이·야·기 >

vol.1

러빙 유

〈질·투·의·화·신·이·야·기〉

vol.1

징검다리

1

새학기는 언제나 누구에게나 설레임과 두려움을 동시에 안겨준
다.

1학년 때 같은 반이었던 친구들은 모두 다른 반으로 배정을 받았
고 나 송마빈은 지금 왕따진행형이다. ㅠ_ㅠ…

교실 이곳저곳을 두리번거리며 혹시나 아는 사람하나 건질랑가
-_-+ 아무리 뒤져봐도 아는 사람하나 없다.

헛… 헛…

근데 올해 우리 반은 꽤나 시끄러울 거 같은 느낌이 든다.

문제아라고 내논 녀석들이 여기저기 속속들이 박혀있는 것이 영
무섭다. -_-+…

벌써 맨 뒷줄에 쭈루룩 죽치고 앉아서 서로를 야리는 꼴딱지가

마치 개들이 자기 영역을 차지하려는 것 마냥… –_–+ 세력다툼을 하는 걸로 보인다.

나는 워낙 범생인지라 –_– (여기서 잠깐… 범생과 우등생의 차이점을 알아야한다. –_– 범생이라고 다 공부를 잘 하라는 법도 없고 우등생이라고 순진하라는 법도 없다는 걸 알고 넘어가자!! 〉_〈)

근데… 유독 눈에 띄는 날라리가 하나 있다면 저 구석 창가에 비스듬히 앉아서 학교는 영 채질에 안 맞는다는 듯한 표정을 한 저 아이 _

아마도 이름이 택현이었던 거 같다.

택현이는 초등학교 때 꽤나 친했던 앤데 고등학교 때 와서 보니 저런 몹쓸 망나니가 되어 있었다. 중학교 때 뭔 나쁜 친구를 사겼길래–_–… 애가 저런 꼬라지로 변했는지 참… 알 수 없다.

그땐 참 귀여운 아이였는데… –_– 내 반찬이 부실하면 쏘세지도 하나 건네줄 줄 알던 그런 인정 깊은 아이였는데 지금은 혹시 하나라도 뺏어먹으면 죽일 듯한 표정의 소유자로 변해 있다.

–0–;;

"자자~~ 조용~"

ㅇ_ㅇ… 우리 담임인가 부다. 첨 보는 사람인데 참 젊고 실해 보이는 것이… 총각임에 틀림없다. ^ㅇ^..

"내 이름은 김인수다^^ 담당과목은 영어고 너희들에게 다행인지 불행인지는 모르겠으나 담임이 처음이라 다같이 새로 시작하는 마음으로 일 년동안 잘 해보자. ^^"

6

목소리 굿잡~!

음…… 참말로 맘에 드는 외모다.

귀티가 반질반질 흐르는 것도 맘에 들고 훤칠한 키도 사람을 공부하고 싶도록 만들게 생겼다. -_-

웅성… 웅성…

"선생님 결혼 하셨어여??"

"선생님 몇 살이세여?? ^^"

저것들도 눈이 있구나. -0- 사람 볼 줄 아네….

-_-++++… 경계대상들!!

"하하… 결혼은 아직 안 했고… ^^ 애인은 있다!!! 이 외모에 없다면 거짓말인 거 다들 알좌나 ^.~… 나이는 젊어 보이지만 먹을 만큼은 먹었다. ^^"

-_-…… 어머어머… 선생님!! 오바당~~!!>_<

"난 너희들과 친구처럼 오빠처럼 형처럼… 그렇게 지내고 싶다. ^^ 나한테 불만이 있거나 화가 나면 대놓고 말해라.^^ 뒤에서 뒷다마 까지 말고… 하하하하하."

-_-^… 선생님 맞아여??

잡아먹을 듯한 표정의 남자애들도 선생의 그런 말뽀다구에 흥미를 갖기 시작하는 듯 보인다.

"우리… 자리 배정을 해야될 거 같은데 어떻게 할래…? 남자여자로 짝할까?? 하하하하… 그게 보기도 좋고 자라나는 청소년에게 사랑을 싹 튀어 줄 수 있는 좋은 기회가 되겠지? 자리는… 내일 원

하는 자리에 앉아서 1학기 동안 그렇게 가도록 하고… ^^ 음… 반장
은… 어떻게 하지? 우선 임시반장을 정하자. 이름이 특이한 사람이
반장이 되는 거다. ^^ 어디 보자….”

그리곤 출석부를 뒤적뒤적 거리며 마냥 좋다고 실실댄다. -_-

“아… 그래… 특이한 이름 가진 사람이 있네… 송마빈!!”

우오오오오오우……!!

나잖어…. -_-+

“송마빈이 누구지?”

“… 저… 저여….”

“아… 그래… ^^ 이름만큼 얼굴도… 이쁘구나!!”

“-///-….”

몰라 몰라 >_< 참으로… 솔직한 선생이다. -_-

“마빈이가 일주일동안 반장으로 수고 좀 해라….”

“네~.”

태어나서 감투라곤, 중학교 때 남들은 징그럽다고 못하는 개구
리해부-_-^ 잘 했다고 과학부장 시켜줘 해본 적은 있었는데… 몹
시 곤란하게 됐다. -_-+

어이없는 이유로 반장이란 감투도 써보고-ㅇ-

엽기적이고 재미있을 거 같은 2학년은 그렇게 시작되었다.

2

참… 햇살 따뜻하고… 심장벌렁이게 하는 날씨다.

근데… 시계가 가리키는 시각은 날 몹시 짜증나게 만들기에 충분하다. -_-^

"송마빈!!! 너 첫날부터 지각할래!! 못 살아… 못 살아!!"

"엄마~~ 오늘 둘째 날이야. ㅠ_ㅠ"

"입 뚫렸다고 말은 잘하지!!"

"-_-+… 언어순화~~ 언어순화~~"

"얼른 씻고 준비해!! 도시락 식탁에 있다. 엄마 운동 갈테니까 밥 먹고 설거지는 하지말고 가렴!!"

"하란 것보다 더 무섭수다. -_-"

그렇게 엄마는 운동을 간다며 온갖 멋은 다 부리고 수영장으로 가버렸다. 이번에 수영강사 바뀌었다드니… 멋드러진가부지?? 저렇게 오바하고 가는 거 보면……. -_-

난 늦었어도 밥은 꼭꼭 챙겨먹고 가야한다. 절대 먹고 싶어서 그런 건 아니고^^a 황수관 박사님이 그랬다. 자라나는 청소년은 아침을 꼭 챙겨먹어야 한다고…. -_-^

가만 생각해보니 다른 박사님인 것도 같고 ^^;

교복을 다 챙겨 입고 나가려는데 양말 한 쪽을 안 신고 있다.

헉…… 도대체 왜 한 쪽만 신고 있는 거지?? -_- 그 이유는 나중에 생각해 보도록 하고 잃어버린 한 쪽을 찾아보자.

바스락… 바스락…

우당탕탕…

도대체… 어딨는거야……? ㅠ_ㅠ……

한 10분 정도 찾다가 포기하고 대충 색깔 비슷한 걸 찾아서 한 쪽을 매꾼 후 룰루~랄라~ 학교로 향했다. ^0^

"10. 9. 8. 7. 6. 5. 4… 3…"

"잠깐!!"

"송마빈…!! 너… 또 지각이냐?!!"

"선생님 안녕하세여 ^0^;;하하… 저 지각 아니잖아여~~."

"아쉽게… 그래… 2초 남았으니까… 면죄다!! 내일부터 늦지 마라. 녀석아….'

"네……. ^^……"

난 이미 지각대장이란 타이틀 덕분에… 학생주임과 참 각별한 사이가 되어있다. -_-;

교실에 들어가 보니… 아무래도 내가 마지막 주자인 듯…

헉……☆★

오늘 온 순서대로 자리 정해서 1학기동안 간다고 했는데…

쮀길…. ㅜ_ㅜ

아무리 찾아도… 빈자리는 하나밖에 없다.

교탁 바로 앞…… -_-+……

선생님들의 로얄제리를 생성즉시(신선도100%) 받아먹을 수 있는

아주 굿!! 좌석-_-+

간혹 비듬세례도 공짜로 받을 수 있다.

로얄제리는 필수, 비듬은 선택!!-_-!!

투덜투덜…

자리에 가방을 놓고 옆을 봤더니… ㅠ_ㅠ… 웬… 뎅장뎅장… 영심이를 따라다녀야 할 왕경태가 반갑게 인사를 한다.

"안녕…. ^0^"

"어… 그래… 안녕하다…. -_-"

"-_-… 잘 지내보자."

"응… 잘 지내야징…. ㅠ_ㅠ"

1교시… 는 고개를 90도로 들고… 바로 앞에서 떠들고 있는 수학선생을 쳐다봐 줬다.

2교시… 는 고개를 60도로 들고… 바로 앞에서 떠들고 있는 윤리선생을 감상해 줬다.

3교시… 는 고개를 30도로 들고… 바로 앞에서 떠들고 있는 지리선생을 야려 줬다.

4교시는… 도저히… 15도 이상… 못 쳐들겠다. -_-

꾸벅… 꾸벅… 목 운동을 좀 했더니… 배가… 참… 고프다. -_-

아차… 누구랑 밥을 먹지? ㅠ_ㅠ… 다른 반에 있는 친구놈한테 빌붙어 볼라고 좀 했더니 벌써 친구 사겼다고 나한테도 적응하랜다. 응가지릴놈들……. -_-

투덜투덜… 도시락 뚜껑을 열었더니 언제나 새학기에만 나오는 엄마의 주특기…… 나와주셨다.

내가 세상에서 제일 싫어하는 왕만한 콩으로 콩콩… 하트를 그리고… 가운데… love라고 쓴 것도 빼먹지 않았다. -_-

혼자 먹는 것도 창피한데… 누가 볼새라… 콩을 박박 긁어내선 숨도 안 쉬고 한입에 꿀꺽… 삼켰다.

켁…… 켁……

난… 콩이 참… 싫다. 동화책 중에서도… 제크의 콩나무라는 이야기를 제일 싫어한다. -_- 노래 중에선 콩따리샤바라가 제일 싫다…. -_-

썰렁하다고 욕하지 말아라. 난 그 정도로 콩이 싫다는 얘기니깐…. -_-

한참… 고개를 숙이고 밥을 벅벅 먹고 있는데(여기다 눈물 한 방울 떨치면… 딱… 왕따다) 옆에 와서 누가 옆구리를 쿡쿡 찔러댄다. -_-

참 부담되는 부위를 잘 포착해서 찔러댄다.

“이름이… 마빈이 맞지??^^”

“… o_o … 어?… 응… 맞어. 마이네임이즈 마비니.”

“밥 같이 먹자…. ^^ 나도 친구들이 다 다른 반이라… 혼자 먹기가 좀 그래서….^^”

“하하하하… 그래!! 같이 먹자.^^”

참… 사귐성이 좋은 아이로구나. 어찌되었건 짱짱. 〉_〈

“난… 희주야…. ^^”

“응… 난 마빈이….”

"우리… 앞으로 밥도 같이 먹고… 친하게 지내자.^^"

"그래… 그래…. ^^"

엄마!!! ^0^!!!

오늘 마빈이… 친구하나 엮고 집에 갑니다~~~~~~~^0^

참!! 아침에 찾다가 못 찾은 양말… 집에 가서 벗다 보니까… 한
쪽에 두 개를 신었더라……. –_–

뇌 주름이 자꾸 펴지나 보다.

ㅠ_ㅠ… 용량이 한없이 딸린다. –_–^

3

밥 먹고 났더니 아랫배가 통통하니 불러오고… ^0^… (사실… 모
양새가 굵게 접힌 병풍과도 같다.–_–)

참 만족감이 새록새록 차 오르지만 졸음을 참고 맨 앞에 앉아있
자니 짜증이 밀려온다.

반장의 권한으로 자리를 다시 바꾸자고 건의나 해볼까?? ^0^;;;
–_–^… 참자…. 욕이나 안 얻어먹으면 다행이지. 원래 잘난 사람이
나서면 더 욕먹는 법이잖아 대한민국이–_–a

5교시는 눈앞에 이쑤시개를 꽂고 있어도 졸린 시간이지만 맨 앞
에 담임의 얼굴을 감상하는 것도 꽤나 쏠쏠한 재미가 있다.

내 짝꿍 왕경태가 고개를 360도로 회전하며 귀엽게 조는 꼴을
슬쩍 봤더니 쏠려온다. –_–^

허허… 참으로 그 녀석… 볼수록 못났네…. – _ –… 그래 나 꼴에 미남 살짝 많이 좋아한다.

한참 담임의 꼬부라진 발음을 감상하고 있는데_

"선생님!! 저 뒷자리라 잘 안 보이는데 자리 좀 바꿔주세여…."

라는 달콤하고도 환상적인 말소리가 들려온다.

"그래?? 이건 너희들이 원하는 대로 앉은 자린데… 앞에 앉은 사람 중에 누가 바꿔줄래??"

하신다….

난 담임의 말소리가 끝나고 0.5초도 지나지 않아… 손을 번~~쩍 ㅇ_ㅇ↑들고 외쳤다.

"저여!!!-0-;;;"

어찌나 크게 외쳤는지… 경태가 놀라서 목이 뒤로 벌렁 재껴지는 게 보였다.

"그… 그래 ^^;;; 마빈이가 바꿔준다고??"

"네네네네네네!! 제가 바꿀래여!!!"

"그래;;; 니들이 원하는 시간에 바꾸렴…. 마빈이… 보기랑 다르게… 참… 씩씩하구나….;;"

"^ㅇ^… 네… 참 보기랑 많이 다르죠. ^^;.."

그렇게 난 한 학기 내내 죽음의 앞자리에서 사랑스런 경태와 알콩달콩 살림이라도 차릴 줄 알았더니 _

하느님!!! 감사합니다…. ^ㅇ^··^ㅇ^… 주 예수 그리스도… 할렐루야…. >_<

쉬는 시간이 되자마자 아까 자리를 바꿔달라던 여자애가 가방을 들고 내 앞에 서있다.

"자리 지금 바꾸자…."

참 새침하게 생긴 것이 생긴 대로 말한다. −_−

"그래… 그래…. ^o^…"

"고마워…. ^^"

"아냐아냐… 그럼 나중에 딴소리하기 없기닷. >_<"

"응… 너야말로…. ^^"

"걱정마… 걱정마… 난 뒤에서 뼈를 묻을 테니…. ^^"

그렇게 난 새침떼기가 앉아있던 3분단 맨 뒷자리로 옮기게 되었다. 새짝꿍이 누군지 감상좀 해줘 보까?o_o…

와우!! >_<…빙고!!

참으로 미남스럽게 생겼다…. >_<

"안녕!"

"−_−……."

말이 없는 아인가부다. 아니면… 아침에 이를 안 닦고 와서 입벌리기가 싫은가…??

참으로 더럽게도 생각하는 나다. −_−

뒤에 앉으니 세상이 무척이나 넓게 보인다. 그동안 나는 우물안 개구리였던가… ㅠ_ㅠ… 모두의 등짝을 바라보고 있자니 반장으로서 −_−…. 참으로 흐뭇하다.

아마도 임시반장을 벗어나는 날… 난 눈물이 날지도 모르겠다.

15

···ㅠ_ㅠ···

내 새로운 짝이란 놈은 책상에 책도 꺼내놓지 않은 채··· 모나미 100원짜리 볼펜 하나만 덩그러니 놓고 정확히 그 볼펜만 노려보고 있다.

그런 놈을 지켜보고 있자니··· 영··· -_-···

첨엔··· 그놈이 마법사인 줄 알았다. 눈의 힘으로 볼펜을 뜨도록 만들 줄 알았는데··· (해리포터를 너무 많이 봤나 _.,_a) 자세히 보자 니··· 그게 넘만의 취침 방식이었다. 대단한 재주의 소유자다.

-_- 부럽기 그지없다···. -_-^···

4

그렇게 6교시 내내 넘의 신기한 행태를 지켜보다 보니··· 수업도 좋났다. -_- 종례가 끝나자마자 가방을 횅~ 하니 들고 나가 버리 는 잽싼 마법사놈 _

난 오늘 새로 사귄 희주와 참이나 어색하게 손을 맞잡고 교실을 벗어났다.

"마빈아··· 근데··· 오늘 자리 왜 바꿨어? ㅠ_ㅠ"

"왜?? 난··· 그거 땜에 얼마나 신나는데···. 〉_〈"

"니짝 안 무서워?"

"내 짝?? 마법사놈??"

"엉? 마법사라니···?"

"헛… −_−…… 아냐아냐…."

"아휴…… 난… 우리 반 애들 너무 무서워 죽겠어. ㅠ_ㅠ"

"왜…? 머가 무서워??"

"일진 애들 버글버글 거리잖어. 어쩜 이렇게 날라리들만 잡아다 묶어 놀 수가 있니…. 〉_〈"

"일진?? 우리 반에 일진 같은 게 있어??"

"응… 택현이… 중우… 니짝… 주현이… #@%$#^%%^…"

"헉… 내 짝도 일진 같은 거야??"

"어…. −_−"

나야… 워낙 모범생인지라… −_− 일진 애들과는 상관도 없고 그러고 싶지도 않지만 짝꿍이 일진이라치니… 어째… 등골이 오싹한 것이… 무섭기 그지없다. −_−+

내일부턴 책상을 살짝 눈에 띨뚱말뚱 1.5cm정도 떼어 놔야지… 〉_〈

난… 머리가 너무 비상해… 우헤헤헤. −_−

희주와 상당한 양의 수다를 떨어주고 집에 도착하니 입이 몹시나 피곤한지라 먹을 것으로 위를 좀 달래주려 냉장고 문을 벌컥 열고 식어빠진 만두를 물고 잠이 들었다.

쟉쟉쟉쟉

참… 얄미운 햇살이 내 두꺼운 눈꺼풀을 살살 건드려주고… −_− 엄마의 정성스런 도시락을 들고… −_−… 룰루~~ 랄라~~ 다리에 모터를 단 듯… 다다다다다다~ 교실로 입실했다.

내 짝꿍은 언제 왔는지 모나미 볼펜을 또르르르 굴리며 시간을 때우고 있다.

소유한 것이라곤 볼펜 한 자루 뿐인 녀석 같으니라구…. -_-

"안녕. ^o^"

얼굴에 두껍게 철판을 다지고 인사를 했더니… 역시나… 가볍게 씹어주신다.

민망… -_+… 민망… 후끈… 발찍!!!-_-

뒤에 앉아서 앞에 친구들을 감상하고 있으니 시간 가는 줄 모르겠다. 우리의 경태와 상큼히 자리를 바꿔준 여자아이 _

둘이 알콩달콩 참 열심히도 수업을 듣고 있구나. 기특한 것들…
-_-

우리 앞앞쪽에 앉아있는 여자애들 3명은 메니큐어 칠을 하고 있고 창가에 대여섯 명은 옹기종기 종이 비행기를 창 밖으로 날리고 있다. -_-

참으로 기찬 반이로구나…. >_<

그렇게 쉬는 시간은 오고 _

쾅!!!☆★☆★

뒷문이 벌컹 열리고 _

"정택현!! 이현석!! 밖으로 나와!!"

라는 무서운 고함이 들렸다. -_-

어우… 깜딱이야…. >_< 애 떨어지겠네….

둘이 뭔 잘못을 했길래… 저 사람은 저리 화가 났을까…? --a

둘은 머 씹은 표정으로 마지못해 조용히 나가선… 점심시간이
다 되어서야 엉망인 모습으로 컴백을 했다. >_<

내 짝꿍아!! 왜 그래!!! 무슨 일 있었니?? >_<

"싸웠… 어?"

라고 앙큼하게 묻는 질문에 _

"신경꺼…."

라는 달콤한 −_− 답변이 돌아왔다. 그래두… 난 넘이 벙어리가
아닌 사실을 확인한 것으로 만족하고… 나만의 정신세계로 돌아왔
다. >_<

5

19

5교시 내내… 내 짝꿍은 아까 나갔던 사무에 뭔가 대단히 화가
났는지 씩… 씩… 거칠게 숨을 몰아쉬며 화를 삭히는 게 보였다.

숨소리… 너무 거칠어. >_<

·· − −··· −_^···

아까 말 건 걸 단단히 후회하며 숨죽이고 놈의 눈치를 보며 연습
장에 낙서만 죽어라 해댔다. −_−

'딩동댕동♪'

쉬는 시간이 되자 내 짝꿍은 아까 같이 밖으로 불려나갔던 택현
이란 놈에게 저벅저벅 걸어가 머라고… 씨부리곤…

"아… 씨발!!!"

이란 거친 욕설을 내뱉으며… 뻗힌 화를 어찌하질 못하며… 손을 부르르르 떤다. 그리곤 주변에 있는 3~4개의 의자를 죄다 집어 던진다.

사실… 의자 뿐이 아니다. -_- 사방팔방으로 지우개와 볼펜이 날라다닌다. -_-

저거 다 주워다 팔면… 꽤 짭잘할텐데…. -0-

쉬는 시간이라 왁자지껄했던 교실은 한순간 물이라도 끼얹은 듯이 싸~~~~ 해지고 애들은 다들 입만 멍하니 벌리고 녀석을 응시했다.

아마도 다음 행동을 기대하는 걸까?? -_-

"씨발… 뭘 봐. 구경났어?"

헛… o_o

다들… 웅성웅성하더니만 넘의 고함에 가까운 한마디에 쉬는 시간임에도 불구하고 칠판만 응시하는 꼴이 되었다. -_-

전원 칠판 주목!!!-_-

그 조용함 속에서 택현이가 입을 열었다.

"왜 교실에서 지랄이냐…."

그 말이 끝나기가 무섭게 내 짝꿍은 택현이에게 빠른 속도로 다가가 두 손으로 멱살을 쥐어짰다.

"개 자식아… 입 닥쳐…."

"홋…."

대체… 둘 사이에 무슨 일이 있었길래 내 짝꿍이 저렇게 미친 개처럼 날뛰는걸까…??

그 모습을 조용히 지켜보던 택현이는 여유로워 보였지만 그래도 뭔가가 아주 씁쓸해 보이는 미소를 날리곤 교실을 나가 버렸고 내 짝은 아직도 화가 나있는지 뒤집어져 있던 지 의자를 세우다 말고_

쾅~☆★

주먹으로 의자를 내려찍었다.

그 소리에 다들 스르르륵~~ 뒤를 돌아봤지만 곧이어 놈이 고개를 들자마자 전원 또 칠판 주목상태로 돌아갔다. -_-…

난 현재 내 의자와 책상이 날아간 상태이기 때문에… -_-+ 오도 가도 못하고 우물~ 쭈물~ 놈이 한시라도 빨리 진정하기만을 기다리고 있었다.

21

자리 괜히 바꿨나?? ㅠ_ㅠ… 원래 내 자리로 옮긴 여자애를 슬쩍 보아하니… 죽어도 다시는 못 봐줘 준다는 표정으로 날 경계했다. -_-

관둬… 관둬… 흥흥!!

놈은 도무지 진정할 기미가 보이지 않고… 쉬는 시간이 끝나는 종이 울리길래 난 에라이 모르겠다 싶어 구석으로 날아간 내 의자와 책상을 끌어다 떡하니 세워놓고… 앉았다. -_-…

··ㅠ_ㅠ…

의자 한쪽 다리가 휘었는지… 앉아서 자세를 바꿀 때마다 몸이 기운다. ㅠ_ㅠ… 뎅장…

그 자리에서 망부석이 되어버릴 줄 알았던 놈도 선생님이 들어오자 의자와 책상을 질질 끌어다가 털썩 앉았다.

교실은 아무 일도 없었다는 듯이 예전의 행복하고 편안한… –_– 상태로 돌아왔다.

한참 기울어진 의자와 씨름을 해대던 나는 –_– 놈이 너무 괴씸해 살짝 안보이게 째려봐 주려고 봤더니만 _

ㅇ_ㅇ……

주먹이… 피범벅이다. 아까 의자를 내려찍을 때 잘못 맞았나부다…. 아플 텐데… 어찌나 화가 나 있는지… 그깟 건 신경도 안 쓰는 것 같다.

"저… 저기… 피… 나."

"……"

–_–+… 나건 말건!!! 씹히는 것도 이젠 이력이 났는데 왜 매번 쪽팔릴까…? ㅠ_ㅠ…

22

6

신경 끄려고 했는데… 신경 안 쓰려고 자꾸 다른 데를 봤는데 영… 거슬린다.

새끼… 참… 귀찮게 하네…. –_–··

사실… 놈은 내 존재를 더 귀찮게 여길지도 모르겠다. ^^:

"선생님!! 화장실 좀 다녀올께여…."

"수업 시작한 지 10분도 안 됐단다."

"급해여… 흑… 나와여!!! 갑니다. 수업하고 계세여…. ㅠ_ㅠ"

"저 녀석이…."

난… 선생의 대답도 끝나지 않았는데 뒷문을 벌컥!! 열고 양호실로 뛰어갔다.

헉… 헉…

'똑똑'

"선생님… 후시딘하고… 대일밴드 하나만 주세여."

"어디 다쳤니?? 이리 내봐. 선생님이 치료해 줄게."

"제가… 다친 게 아니구여… 좀 빌려 주세여. 바르고 갖다드릴께여.〉_〈"

"그거 하날 다 주면… 안되지. 곤란한데…."

23

"사람 죽어여…. 죽을지도 몰라여. ㅠ0ㅠ"

"후시딘 안 바른다고 죽니? _…. 좀 짜줄게. 이거 가지고 가렴…."

_…. 참… 아무리 학교 사정이 어렵기로서니 후시딘 하나가 얼마나 한다고… 내가 그렇게 못 믿음직스럽게 생겼던가…. ㅠ_ㅠ

양호선생님은 일회용 물컵에 후시딘을 뱀 한 마리 마냥 _ 쭉짜서… 내게 건넸다.

그걸 받으러 갈 때는… 급한 마음에 갔었는데 터덜터덜 뱀 한 마리와 미키마우스 밴드를 들고 교실로 향하다보니 문득 이성적인 판단이 들었다.

이걸… 놈에게 어떻게 내밀어…. ㅠ_ㅠ

아차! 싫었지만 그래도 난 착하니까… 천사니깐… −_−…

꿋꿋!!!−0−

뒷문을 조신히 열고… 내 자리로… 뚜벅뚜벅…

"야! 이거 발라라!"

"……"

"… −_−… 상처엔 후시딘이 최고야. 내가 잘 엎어져서 알어…."

"… 안 아퍼. 너나 발라."

"난… 다친데 없는뎅??ㅇ_ㅇ"

"……"

…… 날 개무시를 해도 유분수지… ㅠ_ㅠ… 그렇게 애써 받아온 뱀 한 마리와 귀여운 미키마우스 밴드를 한번 보더니 내쪽으로 쭉 밀어놓는다.

우오오오오우!!!

"야!! 이리내 봐!!"

그렇다. 난… 참으로 자존심이고 뭐고 없는 여자다. −0− 놈의 손을 덥썩 잡고… 내 넓고도 큰 필통 위에 턱하니 올려놓고 조심조심… 후~ 후~ 불어가며… 뱀을 옮겨놓고… 밴드로 이쁘게… X자로 치료를 해줬다.

아마도 난 전생에 백의의 천사 나이팅게일이었을 지도 모르겠다. −_−^…

"너 간호사 같다. 훗…."

앗앗… 놈이 입을 열었다!!! 아무래도… 나의 정성에 흠뻑 반했

나부다. >_<

나도 이젠… 말하는 짝꿍과 보내게 될지도 모르겠다.

"못 생긴… 간호사가 치료해주면… 더 아픈 거 알지? 존나 아프다."

"ㅡ_ㅡ…… ㅡ_ㅡ…… ㅡ_ㅡ……"

개늠…… ㅠ_ㅠ……

땅늠…… ㅠ_ㅠ……

늠은 고약했지만 치료를 다 해주고 나니 뿌듯하기 그지없다.

^o^ 그리고… 이건 굳이 말 안 하려고 했는데… 입이 근지러서 해야겠다. ㅡ_ㅡ

늠의 손가락은 정말 하얗고 긴 것이… 정성껏 치료하는 나의 손 끝을 저리게 만들기에 충분했다. ㅡ_ㅡ

25

나의 오뎅같은 손가락이 부끄럽소이다. ㅡ0ㅡ;;;

그렇게… 길고도… 나른한 하루 수업이 다 끝나고… 집에 갈 시간이 왔다!!

"희주야… 집에 가장. >_<"

"어… 나… 오늘 학원 가는 날인뎅…."

"학원??… 너 학원 다녀?"

"응… 넌 안 다녀?"

"어…. ㅡㅡ"

"그럼 과외해?"

"아니. ㅡ_ㅡ"

"아… 그래…. ^^… 오늘은 혼자 가 ^^ 미안해…."

"아냐… 공부 열심히 해…. 나 갈게. >_<"

아… 다들 수업이 끝나면 뭐가 그리 바쁜가 했더니 학원으로 달려들 가는거였구나. -_-

괜시리 바쁜 척 학원으로 가는 희주를 등지고 벽을 손으로 쭉~ 쭉~ 긁어대며… 왕따처럼 터벅… 터벅… 교문을 벗어났다.

비디오나 봐야지…. -0-…

비디오가게 문을 열고 _

"아저씨…? ^0^"

"네… 어서 오세요…."

"집으로 비디오 나왔어여? >_<"

"집으로?? 할머니랑 꼬맹이 나오는거?"

"네. ^0^…"

"그거… 아직도 극장에서 상영 중 아닌가?"

"그… 그래여? -_-"

"그럴꺼야…. -_-"

"그럼… 집으로 나오면… 저희 집으로 전화 좀 해주세여…. ^^;;"

"그려…. -_-"

비디오가게 문을 열고 나오는데 _

참…

비디오가게 아저씨마저… 날… 모자란 애를 보는 눈빛으로 봤던 것이… 영~ 찜찜하다. -_-

7

세상에서 제일 듣기 싫은 소리가 있다면 그건 아마도 자명종 소리가 아닌가싶다.

일어나… 오늘도 늦잠 잘라구 그래?
일어나… 일어나… 일어나♪

27

-_-+… 개늠 같은 시계… -_-+
머리도 부시시… 세수도 하는둥 마는둥 _
그러나… 아침밥은 꼭꼭 한입에 40번씩 씹어 넘긴다. -_-+
"엄마… 나 늦었으니까 태워다 줘."
"어머… 얘 〉_〈 … 엄마 운동 가야하잖니…."
"나가는 길에 태워주면 되잖아!!-0-"
"아직… 준비도 덜했는데…. 〉_〈"
"운동 가는데 무슨 준비가 필요해?"
"얘얘!! 주부라고 집 앞에 나가는데… 너처럼 부시시해서 다니면 되겠니? 원래 사람은 나이가 먹을수록 정숙하고 깔끔하고 @$#$%$#^%$#"
"됐어!! 그냥 갈게…. -_-"
딸이 지각을 하게 생겼다는데 운동 갈 준비가 더 중요하단 말인가… 내 머리로는 도무지 해석이 안 되는 불순한… 계모다. -_-+

학교 가는 길이 언제부터 이렇게 지옥 같았지…. ㅠ_ㅠ… 뭐…
다니는 재미가 있어야 말이지… 도통…. -_-

학교와 우리 반을 너무 걱정해 준 탓일까…? _._

어김없이 학주 선생님이 내려주시는 사랑의 운동장이 사뿐히 날
반긴다. 늘상 하던 대로… 운동장 세 바퀴를 뛰어주고 교실로 들어
갔더니… o_o… 아무도 없다.

제길… 반장이-_- 안 왔는데… 말도 없이 다 사라져?? -_-…
못된… 반장 밑의 학생들 같으니라구….

내 자리에 가방을 놓으려는데 작은 쪽지가 하나 눈에 들어온다.

'마빈아… >_< 1교시 체육이라 나간다. 너 왜캐 늦게 와…. -_-
오는 대로 옷 갈아입고 나와.'

헛…

뎅장… 운도 없이 체육같이 지랄맞은 과목이 1교시라니… -_-
그래도… 희주야… 너밖에 없구나… 당연하지. 친구가 한 명뿐인
데…. -_-

밖으로 서둘러 나가려 준비를 하려했지만 체육복도 없다. -_-
교실 여기저기를 둘러봐도 체육복과 흡사하게 생긴 걸레조차 보이
질 않고… 이참에… 땡땡이나 까야지…. >_<

댓 쓰 굿 아이디어!!-0-;;;;;;

엎드려서 이어폰을 끼고… 한숨 푹~~~ 자고 일어났더니… 어
느새 아이들은 교복으로 전부 갈아입고… 옹기종기 앉아있는 것이
눈에 들어온다.

"마빈아…. >_<

"희주야…. ㅠ_ㅠ"

"너 언제왔어?"

"1교시 중간에…. ㅠ_ㅠ"

"이쿠… 잘~~ 한다. >_<

"응~~ 잘 했지? *^^*"

"-_-…"

그렇게 희주는 날 이해할 수 없다는 표정으로 돌아서 지 자리로 돌아갔고 -_- 마땅히 할 일이 없는 난… 슬쩍 내 짝꿍에게 눈을 돌렸다.

놈은 여전히 무관심스런 나의 존재를 인식하는 척도 안 한다.

내가 어제 붙여준 대일밴드도 고자리 고대로 딱 붙어있구나…
>_< 기특한 놈… 바로 뗄 줄 알았는데… 내가 여간 고마운 게 아니었나부다.

29

다음 시간은 영어가 아닌데… 담임이 들어온다.

어랏… 표정이 왜저래… -_-+ 어제 여자친구랑 한바탕 한 얼굴이다.

"모두 자리에… 앉아라."

애들은 스물스물 자기 자리를 찾아… 앉았고 _

"너희들한테 이런 얘기 꺼내는 것 조차가… 선생님은 싫다. 우리 반에 불미스런 일이 일어났다."

먼 소리야……?!?!

"아… 소연이 지갑이 체육시간에 없어졌다는데… 후~ 난 물론… 우리 반 누구 한 명도 의심하고 싶지 않다. 1교시에 체육이었지? 교실에 누가 있었니?"

헉… 아뿔싸… 머 이런… 뎅장 할 경우가 다 있어…!!!

애들은 하나둘씩… 고개를 돌려 날 주시했고 난 한순간에 도둑년으로 지목이 되었다.

"마빈이 교실에 있었니?"

"…… 네… 제가 있었는대여…."

"선생님은 널 의심하자는 게 아닌데… 교실에서 계속 있었니?"

"네…."

"누구 다른 사람이 들어오는 건 못 봤구?"

"네. -_-…."

"후… 그래… 마빈이 선생님 좀 잠깐 보자."

그렇게… 담임은 날 상담실로 따라오라며 먼저 나가버렸다.

ㅇ_ㅇ…… 이거…… 머야…… 이 분위기는 대체…… 뭐 하자는 건데……?

8

담임과 상담실로 나란히 걸어갔다.

가만히 생각해보니 날 의심하지 않는다면서 왜 델구 가는 거야? 이런 식으로 나오면 우리 반 애들 모두에게 날 도둑으로 몰기에 충

분한 분위기잖아. -_-

참… 난감하고도 막막한 상황이다. 여기서 내가 아니라고 발뺌해봐야 뻔뻔하단 소리밖에 더 듣겠는가. -_-

어느새 상담실 안까지 들어왔다.

"마빈아 앉아라…."

"네…."

"후~ 소연이가 분명 체육시간에 잃어버렸고… 교실에 있던 건 너 한 명 뿐이었어…. 그럼… 이걸 어떻게 해석해야할까…."

"저… 전 정말 아니예여…. 선생님마저도 저 의심하시면… 달리 드릴 말씀은 없지만… 정말 억울해여…."

"그래… 선생님도 아닐꺼라 생각해…. 아니 아닐꺼라 믿어…."

아니면 아닌거지… 아닐꺼라 믿는건 머야. -_- 결국 1%라도 날 의심한다는 얘기잖어….

악악!!

이럴줄 알았으면… 잠깐 화장실이라도 갔다 오는 건데… ㅠ_ㅠ 괜히 자가지구… 난 독안에 든 쥐다. -_-… 그것도 몹시 억울한 쥐…. -_-

"후~~."

선생님은 달리 해결책이 없는지 한숨만 푹푹 내쉬며 _

"니가 정말 아니라면… 선생님이 몹시 미안하게 됐네…. ^^"

"믿어… 주시는거예여?? *^^*"

"그런데… 지금 하는 말이 거짓말이라면… 넌… 양심을 판거야…."

헉…!!

뭐야뭐야뭐야뭐야…. >_<

눈빛을 보아하니 아직 날 의심하는 게 분명해!!! 아니라는 애를 잡고 팰 수도 없는 일이고 지갑을 토해내라고도 할 수 없는 일인걸 알았는지 교실로 올라가 보랜다. -_-

"안녕히 계세여…. ㅠ_ㅠ"

상담실 문을 열고 돌아서 나오는데… 가슴 한구석이 울컥하는 것이… 주책 맞게도 눈물이 찔끔 나오려고 폼을 잡는다. 여기서 울어버리면… 내가 도둑이란 걸 인정하는 것 밖에 되지 않아. 참자… 참자… 참자. >_<

드르륵… 교실 뒷문을 열고… 자리로 가서 앉는 동안… 한 80개의 눈알이… 내게 딱 꼽혀서… 내 움직이는 방향으로 같이 움직인다. -_-

"이거 어디 무서워서 학교에 돈 들고 오겠어?"

헉… -_- 나 들으란 소린가? __a

꽤나 눈이 옆으로 째진놈이… 지 친구들을 모아놓고 그렇게 큰 소리로 떠들고… 옆에 꼬봉 같은 놈들도 일제히 외친다.

"맞어…."

"맞어…."

"맞어…."

… -_-…… -_+……

못들은 척… 안본 척… 의자를 끌어다 앉는데… 여기저기서 들려오는 수군대는 소리 _

"야… 학기 초부터 이게 머냐… 재수 없게… 왠 도둑?"

"나이가 몇 갠데… 도둑질이야… 짜증나…."

사람하나 병신 만드는 건 역시 시간문제구나. 참았던 눈물이 자꾸만 떨어지려고 눈에 대롱대롱 맺힌다. 꼴배기 싫게 -_- 스타일 구기게 -_- 정말 모두다 날 의심 하는 거야…? 내… 하나뿐인 친구… 희주는??

이를 악물고… 눈물을 참으며 희주를 봤더니… 나와 눈이 마주치곤 고개를 숙여버린다.

후~ 너도… 날 믿어주지 않는구나.

"야… 니가 훔쳤어?"

ㅇ_ㅇ… 내 짝이 옆에서… 지 책상에 시선을 둔 채 저음으로 묻는다.

나한테… 먼저 말 건거야??

이런 상황에서도… 놈이 먼저 말 건 것에 큰 의미를 두고 있는 나다. -_- 짝꿍놈이 먼저 말을 걸어준 것에 감사하는 뜻일까…? ㅡ.ㅡ 참았던 눈물이… 쭈루루룩… 흘렀다.

"아냐… 난 아냐… 정말 아냐…."

"한 번만 말해도 알아듣는다. -_-"

"… ㅜ_ㅜ…"

"왜 짜냐… 짜지마…."

"… 어… 엉… 흑… ㅠ_ㅠ…"

… 한참동안 뭔가를 생각하는 듯 하고선 자리에서 일어나 뚜벅 뚜벅… 어딘가를 향해 걸어간다.

ㅇ_ㅇ… 머하자는거양…?

놈은… 아까 내게 여러 꼬봉을 거닐고 깽깽대던 눈째진놈 앞으로 가서 _

"내놔…."

"머… 멀!!"

"존말 할 때… 꺼내라…."

"이현석… 너 지금 머라는거야?!"

34

"선택권 주께…. 하나… 맞고 꺼낸다. 둘… 꺼내고 맞는다. 셋… 맞고 꺼내고 또 맞는다… 골라."

놈이… 뭔소리를 하는 건지 알 수가 없다. 하여간 저 여자애를 때린다는 건데…. >_<

넘의 말도 안 되는 협박 끝에… 신기하고도 어이없게도… 논의 안주머니에서… 지갑 같은 게 나온다.

혹시… 설마… 저거 소연이 지갑???

놈은… 그 지갑을 받자마자 _

"소연이가 누구야?"

라고 조용히 묻는다.

"나… 난데…."

"앞으로는 잃어버리면… 니 잘못이야. 알아둬."

"으… 응……."

그렇게… 멋지게… 놈은 모든 일을 단 1분 안에 해결해 버리고 뒷문을 열고 나가버렸다.

ㅇ_ㅇ… 어안이 벙벙하고… 한순간 도둑이란 타이틀에서 벗어난 기쁨은… 잠시 _

"씨발…… 짜증나……."

라며… 눈째진놈은… 내게… 눈을 부라렸다. 〉_〈

부라릴놈은 나다!!! 이런이런이런 나쁜놈!!!

그나저나… 난 앞으로 내 짝을 해결사라고 불러줘야겠다. 〉_〈 아무도 내 말을 믿어주지 않았는데… 내 짝만은 날 믿어준거다…. 〉_〈

고마워고마워고마워 짜식아!!! 멋진녀석 같으니라구…. ^o^

35

9

오늘 하루는 도둑으로 오해받았던 사건 탓일까? 몹시 피곤하다. ㅜ_ㅜ… 병든 닭처럼 꾸벅꾸벅… 졸자니 뒷목이 참 땡긴다. -_-

점심 시간이 지나서야 내 짝꿍놈은 컴백을 해서 조용히 의자에 등을 기대고 편히 앉아있다.

"저기… 고마워…."

"됐어……."

"응 -_-…."

짧고도 간결한… 감사표현과 응답 -_-

그래… 이게 넘의 삶의 스타일이거니… 그렇게 편히 생각하자. -_-

담임은 종례시간에 들어와서 모든 사정이야기를 어디서 들었는지 내게 시선을 두지 못하고 안절부절… 어찌할 바를 모른다.

마음 같아선 선생님 입을 쫙 찢어도 놓고 싶었지만… -_- 이게 인생이거니… 난 그렇게 맘 편하게 생각한다.

종례도 끝나고… 비록 열어보지 않았던 가방이지만… -_- 이것저것 챙기고 있는데 희주가 다가온다.

아까의 서운했던 마음이 울컥… 치밀고 올랐지만 난 가식적인 인간이기에 _

"희주야…. ^^"

"… 마… 빈아…."

"학원 가는 길이야??"

"어… 가는 날이긴 한데… 저기… 아까 일… 미안해…."

"아냐… 됐어…. 다들 그렇게 생각했는데 머… 너라구 별수 있었겠니…. ^^"

"후~ 그렇게 생각해주면 고마운데… 저기… 나랑… 피자먹으러 안 갈래??"

"피자??… 학원은?"

"학원은… 빼먹으라고 다니는거지…. ^0^… "

"하… 하… 그럴까?? 근데… 나 돈 없다. -_-"

"나… 나 있어!! 가자가자!!"

희주는 나한테 꽤나 미안했나부다. 그 비싼 피자를 사준다고 나서는걸 보니…. –_–

서운한 마음이 없는 건 아니지만 세상은 다 그런 거려니 생각해 볼까… 한다.

결코 피자가 먹고 싶어서는 아니다!!! –_–^…

희주와 어색어색 팔짱을 끼고 나서는데 교문 앞에 떼거지로 오토바이를 탑승하고 있는 우리 학교 남학생들이 눈에 들어온다.

ㅇ_ㅇ…

"어… 택현이두 있다."

희주는 몹시나 친한 척 택현이란 아이를 보곤 반긴다.

"택현이란 애가 … 정택현 맞지?"

"응… 맞어. ^^ 너도 알지??"

"쟤랑 초등학교 때 짝이었어. 이름만 알어. –_–"

"아… ^^… 쟤 디게 멋있지 않냐? 인기 대빵 많어."

"… 음… 멋있는 건 잘 몰겠구… 무섭긴 해…. –_–"

"… 쟤… 일진이긴 한데… 일진 여자애들 말 들어보면 현석이랑은 좀 다르다고 하드라. 현석인 좀… 무섭잖아. >_< … 여자애들이 말 걸면… 반은 씹는데…."

"그건… 그래… –_–인정!!–0–"

사실 그동안은 희주와 인사정도만 하고 밥 같이 먹는… 왕따를 벗어나기 위한 친구였는데 오늘 꽤 친해진 듯하다. 아무래도 아까 날 살짝 도둑으로 의심한 것을 많이 미안해하는 거 같다.

우린 피자헛에서 샐러드를 5접시나 먹고 ^ㅇ^… 라지 한 판을 뚝딱 해치우고선 참 행복한 얼굴로 돌아서 집으로 향했다.

집으로 가기 위해 사거리에서 횡단보도를 건너려 멍하니 앞을 보고 있었다. 내 앞으로 아까 교문에서 봤던 우리 학교 학생들이 뽕카를 타고 윙~~~~~ 지나간다.

@_@… 보는 것도 아찔한데 너희들은 참 신명나겠구나…. _

한참을 가던 오토바이 행렬중에 한 팀이 유턴을 해선 내 앞으로 끼~~~익… 선다.

ㅇ_ㅇ…

"야!! 너 나 알지?"

택현이란 아인데 _

"(ㅇ_ㅇ)(_)(ㅇ_ㅇ)(_)… 응…."

"너 그… 내 쏘세지 맨날 뺏어먹던 애 맞지?"

내 기억으론 녀석이 살며시 건넸던 거로 알았는데… 녀석의 머리 속엔 내가 쏘세지나 삥뜯던 그런 여자로 남았나부다. _

"… 그건… 아니지만… 비슷해. _"

"맞구나… 하하… 얼빵한 것도 똑같네. 바보처럼 도둑으로 오해나 받고… 앞으로 아는 척 해라!! 오빠는 그만 바빠서 간다. 안녕)_〈~~"

_……

놈은 그렇게 장렬히 오토바이 그룹 속으로 달려갔다.

10

일주일이 참 길기도 하지…. ㅡ.ㅡ

오늘은 신나는 토요일이다. 토요일이라 해서 뭐 별다른 바가 있는 건 아니지만 집에 가면 재방송이 날 기다리고 있는지라 신나기 그지없다. ㅡ_ㅡ

한 가지 흠잡을 것이 있다면 오늘 반장선거가 있다는 말이다.

ㅜ_ㅜ…

별달리 한일은 없지만… 나의 임원자리를 내놓자니 썩 내키진 않는다.

반장 후보로… 꼴에 왕경태가 올랐길래 한 표를 꾹 찍어줬더니… ㅎㅎㅎ…

왕경태 2표 나왔다.

한 명은 나고 다른 한 명은 지가 찍은 거겠지.

가엾은 놈…. ㅡ.ㅡ

사람은 인물로 평가해선 안되건만 난 오늘 인물지상주의의 현실을 냉정히 느끼고야 말았다. ㅜ_ㅜ

보도 못한… 놈과 눈이 나란히 반장이 되었다고 앞으로 나온다…. 쳇!!

으아……

집으로 가자니 참 발길이 떨어지지가 않는다.

"마빈아~~ 오늘은 머해??^^"

"오늘은 재방송 시청하는 날……. —.—"

"하하… 할 일 없네. 그럼… 우리 명동 구경가까?"

"그… 러까?"

그렇게… 난 할 일 없는 희주와 교복치마를 세 번 접어입고 장렬히 명동바닥으로 발을 들여놨다.

볼 것도 많고 먹을 것도 많구나. 무엇보다 이쁜뇬들이 많은 것이… 심기를 불편하게 만든다. 흠흠… −_−+

이것저것 쓰잘데기 없는 조잡한 것들을 구경한 후 집에 가는 길에 지하철을 타고 사당에서 갈아탔더니 그 안에 내 짝꿍놈이 멀리 앉아있는 게 보인다.

다가가 말이라도 걸어 봐? —.—

"희주야… 저기… 내 짝 있다."

"누구? 현석이??"

"응… .−_−"

"가서 말 걸어 봐. 〉_〈"

"안돼… 쟤 씹기쟁이야."

"그래두… 짝인데… 가봐가봐가봐."

그렇게 난 희주에게 용기를 얻어 심호흡을 크게 한 번하고 엄지손가락을 굳게 한번 뻗어주고… 다가갔다.

참나… 사람이 사람한테 말 한 번 걸어 보겠다는데 그게 이렇게 힘들어서야… 원….

베라먹을 녀석…. −_−

앉아있는 녀석의 앞에 우뚝서서 _

"흠⋯."

"흠흠⋯ 음!!!"

녀석은 본 척도 안 한다. 청력에 문제가 있나?? -_-

저 멀리 희주가 보고 있는데 다시 되돌아가기도 쪽팔리고 해서 녀석의 어깨를 굵은 손가락으로 꾹!! 찔러줬다.

"하이!! ^-^ 방가르~"

"⋯⋯ 어?"

"어디가?? ^^"

"집에."

"아⋯ 하⋯⋯ ^^;;;; 나도⋯ 집에 가는 길이야⋯."

등뒤로⋯ 식은땀이 한줄기 쭈룩~ 흘러내린다. ___oo

"그⋯ 그래!! 그럼 집으로 잘가렴. ^^"

그런 어처구니 없는 말을 남기고⋯ 씩씩하게⋯ 꽤나 말을 많이 한 거처럼 당당하게 희주 앞으로 다가갔다.

"하하하하⋯ 녀석도 이런데서 날 보니까 반가운가부다⋯. ^^ 대게⋯ 반기네⋯. ^^"

"⋯⋯ -_- ⋯⋯."

"그렇지? 하하하;;;"

"마빈아⋯ 다 봤어⋯. -_-"

"그⋯그래??⋯⋯ ㅜ_ㅜ ⋯⋯ 희주야⋯ 나 쪽팔려⋯."

"좀⋯ 팔리긴 하겠다⋯."

"응… 좀이 아니구 많이야….”

"∼∼ …힘내…. 쟤 원래 그런 애잖어…. ㅜ_ㅜ”

"그래야지….”

"마빈아… 힘내. 나 이번에 내려….∼∼”

"응… 잘가구… 월요일 날 보자….”

"그래…. 마빈아… 화이팅. 〉_~”

"어. -_-”

그렇게 희주를 먼저 보내고 아까부터 찜해놨던… 노인석 쪽으로… 어슬렁어슬렁 걸어가서 눈치를 살피다 슬쩍 자리에 앉아버렸다. 어차피 빈 자린데… 누가 머라 하겠어??∼∼

꾸… 벅… 꾸벅…

어느새… 난 편하디 편한 노인석에서… 잠이 들었다.

"예끼!!! 이 녀석!!!”

ㅇ_ㅇ……

무언가 나의 머리를 쎄게 후린 거 같은 느낌에… 두 눈을 번쩍 떴더니 내 앞에 꼬부랑 할아버지가… 꼬부랑 지팡이-_- 를 높이 쳐들고 내게 시선을 부라리고 계셨다.

"할아버지… 왜… 왜 그러세여?”

"이녀석아!! 새파랗게 젊은 녀석이 앞에 노인네 세워놓고 노인석에서 자니까 잠이 달콤하드냐!!!”

"아…… 예 ∼∼;;; 죄송합니다. 아까 비어있길래….”

난 후다닥… 가방을 들고 일어났다.

이 할아버지 목소리가 어찌나 큰지… 이 칸 안의 승객들의 눈이
모두… 이쪽으로 쏠려있다… . ㅜ_ㅜ…

그 중에 유독 눈에 띄는 시선이 있다면… 참… 재섭는 표정으로
이쪽을 쳐다보고 있는… 짝꿍놈의 시선……. ㅜ_ㅜ…

눈이 마주친 난… 나의 작살 눈웃음 ㅡ_ㅡ 으로… 녀석에게 보답
을 날렸다.

훗…

저 웃음의 의미는 머양… >_< 내 눈웃음에 너도 반한게냐??

하긴 이 웃음에 여럿 잡아먹었다… 흐흐흐흐…. ㅡ_ㅡ

아니면… 혹시… 비웃는거니?? ㅡ_ㅡ

43

'이번 역은… 강변… 강변역 입니다. 내리실 곳은…'

헉!!

졸다가… 몇 정거장을 지나쳤다. ㅜ_ㅜ… 내려서 반대편 꺼를
타?? 아니면… 그냥 한 바퀴 돌 동안… 디비 자??

참… 결정하기 어려운 것이 나의 머리를 지끈하게 만든다….

ㅜ_ㅜ 고민하는 동안 두 정거장을 더 지나쳤고… ㅡ_ㅡ 난 어느
새… 한 바퀴를 더 돌기로 맘먹고 웃음을 자아냈다…. ^-^

이 좋은 토요일 날… 재방송도 못보고 지하철에서 시간을 때우
고 있자니 답답하긴 하구나. ㅡ_ㅡ

꾸벅… 꾸벅…

음냐음냐 zzz

"야…."

이번엔. 노인석 아닌데…… 장애인인가?? -_-

모른 척… 애써 자는 척……. -_-

"야……."

"=_=… 음냐… 음냐……."

"눈떠. "

"+_ㅇ어랏…."

다름아닌 짝꿍놈이 재섭게 이어폰 한쪽으로 내 볼을 툭툭 쳐대고 있었다. -_-

44

"왜?"

"너 안 내리냐?"

"안 내린다……. -_-"

"노숙자냐?"

"그래… 노숙자다. -_-"

나도 모르게 아까 희주 앞에서 망신을 당한 탓일까?

놈에게… 새초롬해졌다. =_=

"홋… 나 간다."

그리곤 놈은… 내렸다. 놈이 내린 역을 보니 _

…… 헉…… -_-;; 또 강변역이다.

미친…… 송마빈… 도대체 얼마나 잔 거냐!!

11

난 그 순간… 30초안에 모든 것을 냉철히 판단한 후… 닫히는 문 사이로… 폴짝 뛰어내렸다.

헉헉…… 숨막히는 한순간이었다. ﹣﹣

배라도 꼈으면…… ┳_┳…

상상하기도 싫다. 〉_〈 뉴스에… 지하철 문사이에 배가 껴서 장 파열이 된 소녀가 나타났습니다.

어우… 어우… 어우… 〉_〈

﹣﹣…… ﹣﹣…… ﹣﹣^……

그래도… 저 놈이 아니었으면… 난 한바퀴를 더 돈지도 모른 채… 눈을 뜨곤 뿌듯하게 내렸겠지. ﹣﹣

"짝꿍아…."

"……."

"넌 여기 사냐?"

"… 어…."

"그래… 잘 가라!!"

"﹣﹣"

난 그렇게 넘의 고마움도 싸그리 잊은 채 쌩하니 뒤돌아 반대편 것을 타러 나가다 문… 득… 뇌리를 스치는 사늘한 기운 ‿

아까 차비가 전 재산이었거늘…… ┳_┳… 주머니엔… 어디서 났는지 요새 구하기도 어려운 십 원 짜리 두 개가 덩그러니 들어있었다.

　이를…… 어쩐다……. 여기서부터… 강을 건너… 걷다 보면 내일 아침에야 도착을 할 것 같은데… ㅜ_ㅜ… 무엇보다 난 연약하기 때문에 상상도 할 수 없는 일이야. -_- 썩 내키진 않았지만… 어쨌든 우선은 살고 봐야겠기에 놈이 사라진 쪽으로… 정말…… 정말 빠르게 뛰어갔다. -_-

　다다다다다다다…

　"야야야야야!!!! 짝꿍아!!!!"

　귓구녕이 막힌 놈인 줄 알았더니 부르는 소리에 뒤를 돌아보긴 한다. -_-

　"… ㅇ_ㅇ…?"

　"짝꿍아…… 미안한데… ㅜ_ㅜ …… 600원만….."

　"-_-……."

　"600원 가지고 쪼잔하게 그럴래??!!?! 에씨… 인심썼다. 1000원으로 갚을께… 꿔죠…. 〉_〈 …… 제발……."

　"모하게."

　"집에 가야지…. -_-"

　"저기 저거 들고… 지하철 한 바퀴 돌면… 열 셀 동안에 600원 벌 수 있을꺼다… 홋…."

　놈이 가르킨 곳을 보니… 어디서 굴러왔는지… 찌그러진 바구니 하나가 반짝반짝 자태를 뽐내고 있었다.

　"… 저걸 들고… 머 어쩌라구!! -_-"

"따라해⋯."

"멀⋯?"

"어릴 때 부모님 여의고⋯ 교통사고로⋯ 저는 지금⋯ 정상인이 아닙니다⋯. 여러분의 작은 정성이⋯ @#$#$%"

헉⋯⋯!!☆★

놈에게 이런 면도 있다니⋯ 참⋯ 안 웃을 수도⋯ 웃을 수도 없는 상황에 기가 차다.

그나저나⋯⋯ 돈이나 빨리 꿔주지⋯. ㅡ.ㅡ

"돈 안 꿔 줄꺼야??"

"어."

"그럼 나 집에 어떻게 가라구!!!"

"ㅡ_ㅡ⋯ 니 사정."

"⋯ 야⋯ 그러지 말고⋯ 좀 꿔죠라⋯. 응??응??응??"

내 구걸이 역겨웠는지 놈은 얼굴을 디밀어 사정하는 내게서 재빨리 뒤로 두 발짝 물러서더니 만 원 짜리 한 장을 쑥 내밀었다.

"⋯ 천 원 짜리 없어?"

"⋯ 어⋯⋯."

"그래⋯ ㅜ_ㅜ⋯ 그럼 이거 잘 쓰고 월요일 날 돌려줄게."

"월요일 날 그거땜에 굳이 학교 올 필요는 없고⋯⋯."

"ㅡ_ㅡ⋯ 암튼⋯ 고맙고 미안타 짝꿍아⋯. 그럼 안뇽⋯⋯. 〉_〈"

"가라."

그러곤 놈은 영⋯ 만 원 짜리를 한 장 건넨 것이 못 믿음직스러

47

웠는지 더러운 표정을 지으며 뒤돌아 뚜벅뚜벅… 걸어갔다.

지하철을 너무 오래 타서인지 앞에 서 있으려니 울컥… 어지럽다…. @_@…

이참에 만 원도 생긴 김에 택시나 타고 가야지…. >_<

택시를 간신히 잡고 뒤에 앉아가면서… 문득… 드는 생각이 있었으니 _

가만… 가만……

놈도… 아까 분명… 처음 강변역에 도착하기 전에 봤었는데… 그럼… 녀석도 한 바퀴를 더 돈 거잖아.

우하하하하하하하하……

새끼…… 아닌 척하더니 너도 졸다가 못 내렸구나!!!! ^---^

월요일 날 말 걸 꺼리도 없었는데 그거나 놀려줘야지. -_-

48

12

딩굴… 딩굴……

몸매가 네모난지라… 옆으로 구르기가 참 힘들다.

90도 돌리고 나면 모서리가 나오고… 힘들게 90도 돌리고 나면… 또 다른 모서리가 나오고…. -_-

그래도 꼴에 직사각형인 게 다행이지… 정사각형이었으면 아찔할 뻔 했넹. >_<

"마빈아~~~~ 엄마랑 수영장 안 갈래?"

혁… 아무리 엄마라지만… 고슴도치도 지 새끼는 이뿌다지만… 어찌 이 상태의 나에게 수영장 가잔 소리가 나올까…. -_-+

엄마…… 미안해…. 정말 미안한데… 뿍큐뿍큐 -_-ㄱㄱㄱㄱ

"안가!!!"

"가자~!!! 수영강사가 니 또랜데 얼마나 귀여운지 몰라. 〉_〈 가서 친해져~~~야지~~~."

"…그…… 그래??"

"응… 그렇단다…. 〉_〈 엄마가 또 눈은 높잖니…. 너도 분명… 내 취향이라면… 보고 뿅 갈거야."

"엄마… 아줌마가 뿅가는 게 뭐야. -0-"

"아… 그… 그래… 정정할게…. 그 강사보면… 너… 확 간다. 〉_〈 … 몸매가 굿이야, 굿!!"

정말… 가고 싶지 않았지만… 귀찮기 그지 없었지만… 하나뿐인 딸래미… 와 모처럼 같이 운동하고 싶어하는 엄마를 저버릴 수가 없다.

여기서 잠깐 (o_o)↑

오빠가 하나 있긴한데… -_-+ 공부를 지지리 못했던지라… 지방대학 앞에서 자취한다. -_- 그놈의 존재를 썩 알리고 싶지 않았지만 이 소설을 혹시나 본다면… 무척이나 서운해할지도 몰라서 써준다. -_-

그럼 여기서 또 궁금증에… 시달리는 독자들은 실화라 생각할지 모르겠지만 절대… 실화 아니다. 100% 픽션!! 왕구라다. -0-

49

"엄마… 아직 멀었어?? 수영장 가면 머리 다 젖는데 스프레이는 왜 뿌려…."

"가는 동안… 경비아저씨도 마주칠꺼고… 과일가게 총각도 보게 될꺼고… 수영장 건물 수위아저씨도 볼꺼고… 또…."

"됐어… 실컷 뿌려…. 내가 뿌려 줘?"

"그럴래? 요기!! 요기!! 그래 거기 뒤에!!"

철없는 아내와는 살아도 철없는 엄마와는 못산다는 그 유명한… 말이 있지 않던가?? ──a… 절실히 느낀다. ㅠ_ㅠ

엄마는 장장 2시간동안 준비를 마치고… 기다림에 지쳐 빵쪼가리를 뜯어먹고 있는 내게 다가와 빵을 뺏어버리곤 끌고 간다. 헉…… 아까운지고……. >_<

음…… 여기가 우리 엄마가 다니는 수영장이란 말이지. 어디서 많이 들어본 그 광고카피가 생각난다.

'넓은 주차장!!! … 안락한 실내공간!!!!'

"마빈아…… 조기 들어가서 갈아입으면 돼…. 음… 넌 엄마보다 몸매가 딸리니깐… 이거 입어라. 큰 거…."

헉… 존심 상해…. 말도 안되지. 어찌 애 둘 난 아줌마와 이 탱탱한 처녀의 몸매를 저울 위에 올려놔?? -_-^…

그렇게 엄마는 멀리서 봐도 우리 엄마 임을 알 수 있게 하는 형광색 수영복을 입고, 내게는… 똥색깔… 수영복을 입혔다.

좋게 말하면 살색인 이 수영복은 꼭 멀리서 보면… 발가벗은 거 같다. 아~ 씨…… 부끄러워 -/////-……

하낫! 둘!…

엄마를 따라… 보기에도 민망한 기본 체조를 하고… 손발에 깔짝깔짝… 물을 튀기곤…… 발가락에 물의 촉감을 느끼게 해줬다….

아옹 〉_〈…… 차구워……. 〉_〈

내 살들아!! 목욕도 자주 안 하는데… 여기서 때나 뽈키고 가자!! 각자 알아서들 뽈도록!!

ㅡ_ㅡ…… ㅡ_ㅡ+……

'퐁당'

흑…….

우리 엄마는 초등학생들도 안하는 물 속에 밀어 넣기 작전으로 내게 장난을 유발시켰다. 유치해… 유치해…… 발찍해. ㅡ_ㅡ+…

암튼… 물에 들어온 이상…… 〉_〈 내 세상인 듯…… 허우적대며 수영을 하기 시작했다.

푸악!!! 푸악!!!

내게서 뿜어져 나오는 물방울들은 마치 성난 파도처럼 멋진 광경을 자아냈다. ㅡ_ㅡ

물들아!!! 나랑 오늘 한판 붙어서 신명나게 놀아보자꾸나!!

13

'퐁당… 퐁당… 발을 담가라~ 엄마 모르게 발을 담가라~ ♪'

-_-…

난 최대한 엄마의 시야에 벗어나는 곳에서 나의 살색 수영복을 부끄러워하며… >_< 수영을 거침없이 해냈다.

"마빈아!!!"

"마빈아!!!"

목소리가 어찌나 큰지… 이 큰 수영장이 쩌렁쩌렁 울려대도록 엄마는 날 애타게 찾았다.

"여기있어… 왜?"

"수영선생님 왔다!! 인사해야징…. >_<"

"헉… 인사 꼭 해야해??"

"그럼 그럼… 내가 우리 딸 이뿌다고 얼마나 자랑을 해댔는데… >_< 일루와 일루와."

그래?? 그렇담 또 나의 미모를 슬쩍 보여주긴 해야겠네…. 음트트….

-_-…… 농담이니… 발끈하시지 말길 _

난 엄마에게 손을 떡!! 하니 잡혀선… 어슬렁… 어슬렁… 오랑우탄처럼 그 잘난 수영선생이 있다는 곳으로… 끌려갔다.

ㅇ_ㅇ……!!

헉헉헉!!

엄마가 말한 수영선생이…… 저 사람이야??

엄마가 홀딱쿵떡 반한 수영선생은 다름 아닌… 택현이었다…. ㅠ_ㅠ…

택현이도… 나도… 순간 너무 놀라서… 한 3초간 서로를 아래위로 훑어 본 후… –_– 뒤로 두 발짝씩 물러났다.

망신… 망신… 망신 중에 이런 개망신이 있나…….ㅠ0ㅠ

엄마는… 아는지 모르는지… 연신 내 팔뚝을 끌고 넘과 가까운 곳에 세우려 애썼다.

"아~ 씨… 엄마… 팔 좀 놔."

"어머… 부끄러워 하긴… 호호호호."

"우선… 좀 놔봐…. –_–"

"선생님!! 얘가 제 딸이에요…. 수영은 좀 하는데… 폼이 안나서… 선생님이 좀 잡아주세요. 〉_〈 호호호호호 마빈아… 엄마는 이만 갈테니까 선생님이랑 오손도손… 배우렴. ^_~"

주. 책. 바. 가. 지!!!!

엄마는 내게… 윙크와… 엄지손가락 뻗어주는 걸 빼먹지 않고 날려주곤 우리 쪽에서 최대한 멀리 떨어진 라인으로 갔다.

으엉……ㅠ_ㅠ…

"하하… 너희 어머니셔?? 저 잼있는 분이 너네 엄마셔."

"–////–…. 응… 우리 엄마야… 좀… 그렇지? ^^;;하하하"

"이런 우연이 있을 줄을 몰랐네…. ^^"

"응… 저기… 내일 보자…. ^^"

난… 더 이상 넘과 이 부끄러운 자세로 얽혀있기가 싫어서 돌아서 가는데 넘이 날 획 잡아 끌었다.

"야!! 수영 배우고 가야지…."

53

"아… 아냐…. >_<… 암튼… 고마워… 나 갈게…."

"왜 가?? 너 설마… 수영복 입고 있어서 부끄럽냐?? 걱정마라…. 여기 아줌마들한테 내 시력 잃은지 오래니까… 니 뱃살정도는 귀엽게 봐줄 수 있어…."

"헉…… 머… 누… 누가 뱃살 때문이래!!!"

"그럼 먼데?"

"화… 화장실이 급하다!! 왜??"

"그럼… 다녀와…. 물 안에서… 하지 말구. -_-"

눈치 없는 녀석… -_-

저멀리 엄마가 떡하니 지켜보고 있고… 놈은 우리 엄마한테 뇌물이라도 받은냥… 오늘 날 꼭 가르쳐야한다고 닥달하고… 난… 어쩔 수 없이 크나큰 타월로 온몸을 칭칭감은 후 -_- 계단에 앉아 놈이 우선 시범하는걸… 봤다.

수영으로 다져진 몸매라 그런지… 탄탄하긴 하구나… 짜식…. 어깨가 떡 벌어진 게… 너의 몸매를 보고 있자니… 역삼각형이 절로 그려진다.

@_@…… 나… 지금 머하고 있는거야.

변태처럼… 어우어우…. >_<

"봤지??"

어느새 놈은 내 앞에 민망하게 떡하니 서선 내게 말을 건넨다.

저… 절루갓!! -///-

"이제 너 해봐…."

54

"나… 난 됐어. 너나 해…."

"난… 선생이야…. 말 들어…."

놈은 날 물 속으로 무지막지하게 던져놓고 구경을 해댔다.

한참… 허우적대는 꼴이 우스웠는지 _

"됐어… 나와…."

한다. -_-+……

새끼… 잘난 척은….

"야…… 너 대게 웃긴 거 아냐?? 멀리서 살색 수영복 입고 둥둥 떠 다니는 거 보니까… 꼭 살코기 같드라…. ^^"

"-_-…. 안 한다고 했잖아…."

"하하… 암튼… 너… 처음부터 다시 배워야겠다…. 내일 등록 해… 알았지?? 오빠가 잘 가르쳐 줄게…. 조오련이 울고 가도록 만들어주마…."

"싫어!!"

"싫어??… 니네 엄마가 이미 등록했든데….;;;"

"머얏??"

우오오오오오우……

주책…… 주책…… 주책……

그렇게 넘과 한참 실갱이를 하고 있으려니… 엄마는… 온몸에 흡수가 그렇게 빠르다던… 포카리스웨트 2개를 사와선… 우리에게 뿌듯한 웃음을 지으며 내밀었다.

알콩… 달콩…

엄마는 넘을 자꾸만 잡고 싶어했지만… 녀석은 꽤나 인기 있는 강사인지… 여기저기서… 아줌마들이 불러대는 통에… 곧 사라졌다.

"엄마!!!"

"…왜??"

"쟤 우리 반 애야…. 나 쪽팔려서 못해…. 등록 취소해죠."

"어머… 잘됐네…. 친구면 더 자세히 알려줄테지!! 그리고… 여긴 환불 안돼, 애.)_("

에휴…….

괜히 멋지다던 강사한번 보러 왔다가… 살코기 신세만 되고… 오늘 하루…… 개나 줘버리고 싶다…. ㅠ_ㅠ

근데…… 뭐야…. 학교에서… 일진이란 놈이… 여기서 수영강사는 안 어울리게… 왜 하고 있는거야. -0-

의문이 들었지만 나름대로 사정이 있겠거니… 하곤… -_- … 수다스런 엄마와… 피곤한 하루를 마치고 집으로 컴백했다.

하느님……

다음에 태어날 땐… 꼭 우리 엄마가 제 딸로 태어나게 해주세여…. ㅠ_ㅠ… 돼지로 키워서… 수영장에 보낼 수 있도록요….

ㅠ_ㅠ…

아멘….

14

후~ 월요일은… 참 성격좋은 - _ - 나까지도 짜증을 느끼게 만드는 그런 몹쓸 요일이닷. - _ -+…

"짝꿍아… 안녕. ^-^"

"……."

"핫핫… 이제 인사정도는 할 수 있는 사이 아니니??- _ -"

"먼사인데?…"

"우리?… 우린… 짝 사이지. - _ -"

짜식… 인사 하나가지고… 대개 쪼잔하게 구네…. 난… 넘에게 토요일 날 꾼 만원을… 곱게 접어 그 사이에 500원 짜리도 끼어서… 깐에는 톡톡히 이자를 쳐서 쑥 내밀었다.

옛다!! 그거 먹고 떨어져랏!!- _ -

"500원은… 머야…?"

"그… 그거 이자지. ^-^"

"빈곤하게… 생긴게… 사탕이나 사먹어라."

빈곤. - _ -^

놈은… 꼴에 존심은 있는지… 아니면 500원은 돈 같지도 않은지… 럭셔리하게 생긴… 학 한 마리가 그려진 500원을 다시 내게 돌려준다. - _ -

칫칫칫!!- _ -

난… 살짝 무안한지라 생전 열어보지 않는 가방을 열어 덕지덕

지 붙어 생존하고 있는 먼지새끼들을 툴툴 털었다. -_-

"하이… 살코기!!! ^-^"

헉… 이건 또 먼 소리야……. -_-

택현이란 놈은… 참 이쁘게 반짝이는 형광가방을 한 쪽 손에 들고 뒷문을 열고 들어오며 내게 소리쳤다. -_-

저 가방…… 어디서 많이 본 건데…. -_-

우리 엄마가 늘 들고 다니는… '현대 수영장'이라는 로고가 새겨진… 그 가방이다.

새벽 반 수업하고 오는 길이구나……. -0-

알 수 없는 놈…. -_-

"있다 오후에 보자. ^-^"

넘의 말을 듣고… 주변 애들은 살짝 놀랍다는 듯이 알 수 없는 눈빛으로 놈과 나를… 쳐다본다.

우린… 그런 사이다. 한덩어리의 살코기와… 그것을 질책하는… 강사…. -_-

어제… 수영으로 몸이 쑤시는지라… 1, 2교시는… 살짝… 뒷목이 땡기도록 자주고 3교시에… 부시시 눈을 떴더니… 담임이 앞에서 수업을 하고 있다.

쳇쳇… 나이는 좀 먹었지만… 학생때 꽤나 여러 여자 울리게 생겨서 이쁘게 봐줄라고 했었는데…… -_- 날 도둑으로 의심했던지라 꼴도 보기 싫다. -_-

"자…… 이제 대충… 알았지?? 다들 짝하고 대화문을 하나 만들어서 발표해보자. ^-^ 15분 줄게… 만들어보렴……."

-_-…… 뭐?? 뭐를 하래는거야…….

"야… 뭐하래??"

"몰라……."

"안 잤잖아!!"

"난 눈뜨고 자."

"-_-^ ……"

다들…… 짝꿍과 가까이 앉아서 뭔가를 바쁘게… 만들고 있는 듯 보인다.

짝 운도 좋은 것들……. -_-

그렇게… 애들 뒷통수 구경으로 15분을 때우고… 담임은 웃는  낯짝으로 교탁 앞에 서서 흐믓한 자태를 뽑낸다.

"자… 이제 발표해볼까??… 누가 해볼래?"

분위기… 싸… 아……

"하… 다들 열심히 준비해놓고 왜 안하니?? 그럼… 내가 시킨 다…. 현석이 일어나 봐라!!"

헉… 현석이를 시킨거면… 놈의 짝꿍은 나니까… 나도 걸린거잖아. -_-+

"어서 일어나… 마빈이도…. ^^"

담임놈… -_- 밉다… 밉다 하니까… 미운 짓만 골라하네….

놈은… 먼깡인지 불량스럽게 의자를 뒤로 쭉 빼고… 일어난다.

영어라곤… 젓뿔도 모르는 놈이… -_-

"Hello… Mabin…?"

어쭈… 꽤 하는데??-_-

헬로우라는 단어에… 반한 나…. -_-

근데 -_-…… 머야머야머야…. 머하자는거양. 〉_〈

난… 그딴 건 안 하게 생긴 놈이 하는걸 보곤… 놀라서 벌떡…
반사적으로 일어났다.

"Hello… Hyon-Suk?"

"Ok…. I'm Hyon-Suk."

…… 어쭈… 어쭈… 놈은 꽤나 한다…. -_-

이에 질세라…

"Hm… hm… Do you have the time?"

"No…!"

웁스… -_-…

영어로도… 싸가지 없는 놈 같으니라구….

"… Why…?"

"You are so… ugly…."

'풉….'

'훗… 훗….'

놈의 말이 끝나자… 애들은… 하나둘… 웃기 시작한다….

-_-…… -_-……

"하하… 그래… 잘했다… 둘 다 앉아. ^-^"

잘하긴 쥐뿔…… -_- 개나 주라지!!

놈은… 꽤나 흐뭇한 미소를 지으며… 자리에 앉아서… 아무 일도 없었다는 듯이… 모나미 볼펜을 신명나게 돌려댔고 난… 눈이 돌아가도록… 놈을 야려줬다…. -_-^

15

"마빈아~~~ 밥 묵자…. ^0^"

흠… -_-

점심시간은 나도 여간 기쁜 게 아니지만서도… 희주의 저런 신나하는 모습을 보자니… -_- 더욱…… 기쁘기 한량없다. -_-+

"마빈아~~ 나 오늘 김밥 싸왔다~~. >_<"

머라구… o_o … 김밥?? ^0^^0^…

둘이 먹다가 셋이 죽어도 모를 김밥을 싸왔다구??

난… 희주가 도시락을 열기도 전에 희주의 도시락을… -_-^.. 흠… 빼앗아 뚜껑을 열어 재꼈다.

"오호호호… ^0^ … 왠 김밥이양…. >_<"

"-_-… 응… 동생 소풍 갔어…."

"응… 응… 맛나다…."

"아우야… 좀 천천히 먹어…. >_<"

내가 한입에 3개를 넣었더니… 희주가 살짝 긴장한 게 눈에 보인다…. -_-

우리는 단 5분만에 도시락을 깨끗이 정리하고 배가 허했던지라… 매점에서 크림빵 2개씩을 사들고 교실로 올라왔다.

어우… 점심시간이 지나고 나서 교실에 들어와 보니 징하게도 반찬 냄새로 진동을 하고 있었다.

－－… 영… 쏠리네….

희주는… 이번에도 내게 빵을 빼앗길까 살짝 겁을 먹었는지… 크림빵 2개를 들고… 슬며시 지자리로 간다…. －－

에라이!!!

어쩔 수 없이 빵 2개를 가지고 자리에 앉아 부시럭대며 뜯고 있자니 옆에 앉아서 멍하니 있는 짝꿍놈이 참 걸린다.

"야!! 빵 먹어라!!!"

… 아까웠지만… －－ 나의 눈물겨운 크림빵 하나를 넘게 건넸다.

O_O… 어랏 안 먹어??

"안 먹어??"

"어…."

"왜?"

"니가 준거니까…."

"헉… －－ … 야!! 내가 너한테 뭐 잘못한 거라두 있냐?? 칫칫… 관둬관둬관둬… 〉_〈 줘도 싫대여… 은혜도 모르는 것이!!! －0－"

"훗…."

그러더니 내 말이 참… 가슴에 와 닿았는지… 빵을 북~ 뜯어서 두입에 뚝딱 나눠먹는다.

입 큰 개구리… -_-…

혹시나… 저거 먹고… 입맛이 살짝 돌아서… 뭔가 아쉬운 기분에 내꺼까지 침범하지는 않겠지??-_-

난 넘이 입맛이 돌기 전에… 허겁지겁… 내 빵을 입으로 밀어 넣었다.

"켁… 켁… 켁… 욱……."

너무 조급하게 밀어 넣은 까닭일까…. 목이 미어지는 기분이다.

"켁…… 야… 야… 나… 물… 좀….

"침 모아서 삼켜….

메야??… 머 이런 놈이 다 있어…? -_-+

난 말은 그렇게 했지만 너무나 급한 나머지 입 한구석부터 돌아다니는 침을 박박 긁어다 꿀꺽 삼켰다. -_-

평소에 입안 분비물이 많은 건 참 행운이다. 이럴 때 쓰일지 누가 알았겠어. >_<

한고비를 넘기고 다시 빵봉다리에 남은 가루를 보며 이걸 어떻게 마셔야 눈에 안띨까를 고민하고 있자니 넘은 어서 구했는지 물 한잔은 쭉 건넨다.

어우야…… >_< 감동이야감동…!!

근데 좀 일찍 갖다주면 더 좋았을껄…. -_-

'벌컥벌컥'

… 이야!!!!…… 시원하다.

원효대사가 해골바가지에 모아둔 썩은 물을 마셨을 때도 이보다

시원하진 않았을 게다⋯. -0-;;;;

　놈은 내가 맛있게 마셔 재끼는 꼴을 보곤 흐뭇했는지 멋진 척 폼을 잡으며 뒷문을 열고 나가버렸다.

　"혁⋯⋯ 마⋯⋯ 마빈아⋯."

　"ㅇ_ㅇ⋯ 응?? 왜??"

　"너 지금 그 물 마신거야??"

　"응⋯ 마셨는데⋯ 니물이야?? 난 그냥 현석이가 주길래 마셨는데⋯ 미얀⋯⋯. ㅜ_ㅜ"

　"그게⋯ 아니구⋯ 그거⋯ ㅜ_ㅜ⋯ 내가 화분에 물 주려고 화장실에서 떠다 논 물이야⋯. >_<"

64

　쿠엑⋯!! -0-!!

　요새⋯ 화장실 물⋯ 콜레라 걸릴지도 모르니⋯ 먹지 말라고⋯ 학교 방송에서 그렇게 떠들어댔는데⋯

　개늠개늠⋯ 개늠⋯⋯

　어ㅇ_ㅇ⋯ 어ㅇ_ㅇ⋯⋯ 뱃속이 이상하다. 콜레라 균이 하나둘⋯ 퍼지고 있는 것 같은 느낌이 든다.

　Stop Stop 콜레라 >_< 내가⋯ 만약에 죽으면⋯⋯ 어우어우어우⋯ 남길 유서도 한마디 없구나⋯ 제길⋯.

　암튼 정신을 차리고 이번엔 놈을 잡아 족쳐야겠거니⋯ 굳게 마음을 먹고 놈을 찾아 나섰다. !ㅁ!

　이놈⋯ 어디 잡히기만 해봐!!

16

어딨는거야!! 대체 어딨는거야!!

학교 수의실서부터… 창고까지 안 가본 곳이 없지만 놈은 역시 완전범죄를 꿈꾸는 죄인이였나부다……. ㅜ0ㅜ…

터벅터벅 교실로 들어가다 문득 안 가본 한 곳이 떠올랐다.

어웅… 〉_〈 난 역시 머리가 비상하단 말이야…. 난 한발에 3계단씩 앞으로 쏠릴 듯한 자세로 매우 억척스럽게 옥상으로 향했다.

문을 벌컥!! 열고… 놈의 냄새가 나는 곳으로 야시시한 눈빛을 하곤 찾기 시작했다.

+_+

으ㅎㅎㅎㅎㅎㅎ……

저기 있구나. 니놈이 아무리 도망을 다녀도… 넌… 독 안에 든 쥐니라… 내 손바닥 안의 쥐란 말이쥐.

"야!!!"

"ㅇ_ㅇ… 모야……."

"여기 있었니?? ^-^"

이… 이게… 아닌데… -_- 넘이 살짝 이마에 주름 2개를 만들고 날 본 이상… 더 이상 목청이 뻗치질 않았다…. ㅜ0ㅜ…

"여기서… 머해?"

"넌… 뭐하는데?"

"너 찾으러 왔지…."

"날 왜 찾어?"

"니… 니가… 나 수돗물 줘서… 좀 있으면 난… 난…… 콜레라균으로 죽을지도 몰라…. ㅜㅇㅜ"

"…병딱. - _-"

"진심인데…. -0-"

"… 내려가 종쳤다…."

"넌… 안가?"

"어…."

"왜왜왜??"

"너랑 앉기 싫어서… 홋…."

"- _-…… 개… 느ㅁ…."

"머??"

"인정인정인정!! 인정한다구…. -0- 내가 좀 싫겠니. ^^"

안 쫄려 했지만 - _- 놈의 이마에 주름이 한 개 더 늘어 3개가 된 것을… 난 놓치지 않고 포착했다. ㅜㅇㅜ

놈은… 그새 내가 옆에 있단 걸 까먹었는지 아니면 신경을 안 쓰는 건지 옥상에 있는 넓다란 들마루 같은 곳에 벌러덩 누워서 입에 담배를 문다. >_<

까졌어 까졌어. >_<…

엄마가 까진애랑은 말도 하지 말랬는데…. >_<

"야…… 너 안가냐?? 가…."

"어어… 가야지……."

근데 영… 발걸음이 안 떨어진다.

5교시는… 살인교시인지라…… ㅜ_ㅜ 이렇게 날씨도 좋고 속도 더부룩한데… 수업을 들을 생각을 하니 정신이 아찔해온다. @_@……

"짝꿍아… 나도…… 안 들어가면 안될까?"

"왜 나한테 물어??"

"그… 그냥… 이 옥상 니꺼 같아서…. −_−+"

"훗…."

뻑뻑 피우는 담배 연기가 자꾸 내쪽을 따라다닌다.

신기한 바람 같으니라구_

내가 왼쪽으로 두 발 옮기면 연기가 왼쪽으로 두 발 만큼 따라오고 오른쪽으로 두 발 옮기면 연기가 오른쪽으로 두 발 만큼 따라온다.

신기 신기 신기한지고… −0−……

어떤 원리일까??___a

난 모자라기 일보직전인 나의 두뇌와 기본적으로 알고 있는 되도 않은 과학지식을 총 동원해 고민해 봤지만 해답은 간단했다!!!

놈이… 내가 옮기는 쪽을 향해 담배를 뿜어댄 것이다. −_−

"너… 방금 담배 연기 때문에 신기했지??"

"아니…. −_−"

"신기했잖아!! "

"조금…. −_−"

"하하하."

고마워… -0-… 그게 그렇게 잼나니?

한… 삼십 분 가량을 놈은 누워있고… 난… 넘이 지 얼굴에 햇빛을 가리라고 시켜서 그 앞에 돌하루방 마냥 꿋꿋이 서있었다.

"야… 너… 형제 있냐?"

ㅇ_ㅇ… 뜬금없이 웬 형제 --

"어… 오빠 있어……."

"그래…?"

"응…."

놈은 어울리지 않게… 갑자기 심각모드로 들어가 형제 얘기를 묻곤 쓸쓸한 모습으로 명상에 잠겼다.

"너… 너는!! 형제 있냐!!"

"어."

"아니… -_-… 너도 나처럼 대답해야지…. 누나가 있으면 누나가 있다 여동생이 있으면 여동생이 있다… 이렇게…."

"여동생이 있다…. 됐냐??"

"응… 됐어. -_-"

그랬구나… 넘에게 여동생이 있구나…. -_- 난 별것도 아닌 넘의 대답을 분위기상 의미심장하게 고개까지 끄덕이며 들어줬다.

-_-….

"오빠랑 사이 좋냐?"

"아니…… 그놈이나 나나… 서로의 존재에 대해 가치를 부여하지 않아."

우리 오빠랑… 아는 사인가??-_-… 왜케… 이상한 거로… 날 슬슬 캐묻는 것이 넌 혹시 우리 오빠가 심어논 스파이더냐…?

말도 안되는 상상으로 꼬리를 무는 나 -_-

"훗… 나 간다!!!"

놈은 그렇게 나만 햇빛 앞에 덩그러니 세워놓고 교실로 먼저 들어가 버렸다. >_<

황당한 녀석… -_-

17

5교시가 끝나고 희주와 음료수나 하나 뽑아먹을까 하는 간절한 -_- 마음에 교실을 나서는데 너무 작고 귀여운 여자아이가 두 눈을 땡그랗게 뜨고 교실에서 나오는 우릴 반갑게 쳐다본다.

"저기… 언니…."

한다.

어우어우 >_< 귀여워라….

그래!! 언니 여기 있어. 왜 불렀니??-_-

"저기요… ^^… 언니 현석이 오빠 아세요??"

한다…. -_-+

그놈?? 그놈이라 함은… 내 짝이지…. -_-

"어… 알어. 왜 그러니?^-^"

"불러주세요. -0-"

"어… 잠깐만…. ^^"

난 너무 작고 예쁜 인형 같은 그 아이에게 나만 믿으라는 미소를 남기고 -_- 내 짝꿍놈에게 저벅저벅 다가갔다.

"야!!"

"…… 모…."

"인형 같은 여자애가 너 찾어. -0-"

"인형?? 그게 먼데…?"

"누가 너 찾아왔다구!! 나가 봐…."

그렇게 통보를 하곤 다시 희주와 매점으로 향했다. 〉_〈

"희주야… 헉!! 나 동전 안 들고 내려왔어…. ㅜ0ㅜ"

"너… 작전이지? -_-+"

"어우야!!! 내가 500원 가지구 작전 같은 거나 펼칠 애로 보이니??"

"어. -_-"

"치치치!!! 어쨌든 니가 사줘야겠다. -_-"

본의는 아니었지만 어쨌든 공짜로 음료수를 목구녕으로 넘기자니 목이 칼칼하니… 참 시원하구나!!! -0-!!!!

다시 교실로 돌아왔더니 _

헉!! 아까 그 여자애 아직도 뒷문 앞에서 쩔쩔매며 서있다.

"귀여운 후배야…. 현석이…… 안 나왔니??"

"네…. ㅠ0ㅠ"

"어우… 이놈이놈… 내가 분명히 전했거늘… 잠깐만 기달려….
언니가 책임지고 불러줄게!!!"

난 괜히… 쓰잘데기 없는 책임감에 마음이 앞서서 놈을 살짝 야
려주고는 _

"야야야야야야야!!! 밖에 누가 찾아왔다니깐!!"

"그냥 가라고 해……."

"왜왜왜왜???"

"- _ -… 그냥… 만나기 싫어…."

"어우야!! 내가 책임지고 불러준다고 했는데… >_< 야야야야야
제발 나가서 얼굴만 비추고 와라…. 니 면상 한번 보러 온 애한테
살짝 보여주는 게 예의가 아닐까?? 으으으으웅???"

71

"- _ -…… 시끄러워 죽겠네!!!"

놈은… 내 성화에 못 이겨 짜증을 내며 교실 밖으로 나갔다. 새
끼… 니 성격 그런 거 알면 저 귀여운 꼬마도 안 올게다. -0-…

비밀로 해준 누나한테 감사하렴…. ^0^…

암튼 한번 기분 좋게 만나주면 어때서 -_- 잘난 척은 -_-

음…… 꼴에 인기는 많은가부지??-_- 인형 같은 여자애가 훠
~~얼씬 아까워 보이는데… 지복에 겨워 저 지랄이지…. 욥…-0-
-;;;;

음료수를 원샷해 버리고 쓰레기통 쪽으로 나가다가 열린 뒷문
사이로 보이는 둘의 대화가 살짝 궁금했던지라 -_- 귀를 쫑긋 세
우고 살금살금 다가갔다.

"은지야… 이제 나 찾아오지마…."

"오빠… 아직도… 나보기 싫을 정도로… 힘들어요…?"

"훗… 아직도 힘드냐고??… 넌… 쉽게 잊혀질지 몰라도… 난 아니야…. 너나 택현이와는 달라…."

"오빠… 미안해요…. 괜히 찾아와서……."

"알면 이제 오지마…."

ㅇ_ㅇ… 무슨 소리야…. 저 꼬맹이가 좋아해서 사랑고백이나 할 줄 알았더니 둘의 대화는… 내가 생각하는 사춘기 연애 얘기가 아니다.

알 수 없는 놈_

택현이 얘기는 또 왜 나와…? -0-;;;

둘이 그렇게 박 터지게 싸우는걸 보니… 둘이 뭔가… 심도 깊은 관계이구나…. -0-

내 머리로는 도통 추리할 수 없는… 그런 거 _

아하!!! 어쩜 아주 단순한 문제일 수도 있겠다. 인형과 저놈이 사랑하고 있는데 택현이가 가로챘나?? 으흐흐흐흐;;; 아닌가??

하긴… 적어도 여지껏 내가 봐 온… 현석이라면 여자 따위는 관심도 없는 앤데… 참으로 어려운 문제다…. -_-

18

교실로 돌아온 놈의 얼굴이 어둡다. 내가 괜한 일을 한 걸까??

하여간 송마빈!!! 니가 하는 일이 그렇지 머머머머!!!-0-!!!

녀석은 6교시 내내… 볼펜 한 자루를 들고 연습장에 낙서를 하며 연신 한숨을 푹푹 내쉰다. 고민이 있는 눈친데 누나가 또 고민상담은 써~~~ 억… 잘하는데 말이지 -_-…

넘의 눈치를 살피며… 시간을 때우곤… 종례를 기쁜 마음으로 맞이했다.

가방을 메고 있으려니 _

"살!!…"

-_-… 머야….

"코기!!"

-_-… 개늠개늠개늠…

"같이 갈래?? 너 혼자 간다고? 알았어…. ^^"

또라이 같은 놈은… 혼자 머라고 신나선 떠들고는 형광색 수영가방을 들고 나가 뿌렸다.

참… 내 머리로는 도통 이해하기 힘든 애란 말이지. -_-a

그때 _

엄마한테 문자가 삐릭 왔다~

갈쳐주는 게 아니었어. 신세대 문화의 대표주자라 할 수 있는 문자 놈을 좀 갈쳐 줬더니만 시도 때도 없이 날리잖나. -0-

마빈아~ 엄마 수영장 가 잇을게.

글루 바로 오렴!! 니 수영복 엄마가 챙겨갈게!!

－_－… 그 살색 수영복?? 꽉!!!! 개나 줘버렸으면 좋겠다.
ㅠ0ㅠ

너무너무 가기 싫어서 난 학교 주변을 세 바퀴나 돌며 시간을 때웠다. －_－+…

혼자 핫도그를 먹는 건 참 쪽팔린 일이다. ㅠ0ㅠ…

사실… 혼자 먹는 게 단점만 있는 건 아니다. －_－ 뺏어 먹을 사람이 없어서 심적으로 편하기도 하다. 히죽 ^-^

다 먹었는 대도 배가 허한 이유는 모지－_－? 난 맛난 하드를 한 개 더 사들고 횡단보도에서 파란불이 켜지길 기다리고 있었다.

그런데… ㅜ_ㅜ…

우띠… 뒤에서 뛰어가던 사람이 내 팔을 툭 치고 지나가서 하드가 바닥에 떨어져버렸다. ㅠ0ㅠ…

주워?… 말어?…

고민을 하는 척 했지만 내 손은 이미… 떨어진 하드를 주워선… 모래를 털고 있었다. －_－+

"아… 드러워서 못 봐주겠네 진짜…."

○_○

그렇게 주위를 두리번거리고… 주웠거늘… －_－ 내 뒤엔 이미 짝꿍놈이 아주 덜티하고도 역겨운 표정으로 날 응시하고 있다. >_<

"하하하하!!… 봤니?? ^^;;;"

"봤다!!"

"이거… 너 먹을래?"

"미친…."

"싫음 말구…."

차마 놈이 보고 있는데… 다시 입에 물기는 나도 여자인지라-_-

도도한 척… 아까운 하드를 휴지통으로 골인시켰다. ㅠoㅠ

아까워!! 아까워. ㅜ_ㅜ

"짝꿍아 집에 가는 길이야?"

"어…."

"근데 아까 너 찾아왔던 그 여자애 누구야?? +_+?"

"내 팬 -_-"

"-_-… 팬이라고여…?? 끄져끄져!!!"

"어… 그래. 나 간다!!"

놈은 파란불이 언제 바뀌었는지… 쏜살같이 길을 건너간다.

>_<!!

"야야야야!!! 짝꿍아!!!! 같이 가자~~~"

참 꿋꿋한 나다. -_-

난 달리 할일이 없어서 의문의 사나이 짝꿍을 따라가기로 맘 먹

었다.

"야야~~ 너 집에 안 가냐?? 가던 길이나 가라…."

"집은 언제든 가라고 있는거징… ^-^… 할 일 없는데 나랑 좀 놀

아 줘…. -0-"

그랬더니… 넘은 손가락으로 총 모양을 만들더니 지 머리에 겨

냥을 한다.

머라는거야…. ＿＿a 무슨 뜻이야?

"머야 그게…? -_-"

"내가 대가리에 총 맞았냐는 뜻이야…."

"헛… -_-… 바디 랭귀지쟁이…. 〉_〈"

"-_-… 가던 길 가라…. 너랑 같이 걸어가니깐 영 스타일 구긴
다…."

"-_-… 내가 쪽 팔리단 얘기야??"

"어… 아주 많이…."

"치치치!!! 가라가라가라!!!! 나도 갑자기 할일이 생각났어…. 짝
꿍아… 안뇽~~."

76

내가 쪽 팔리단 얘기까지 들으면서까지… 놈에게 놀아달랄 생각
은 없다. -_- 흥흥흥…!!

재섭는 놈. 〉_〈

나도… 학원이나 보내달래 볼까?? -_-+ 이렇게 하루하루 할일
이 없어서야 원… 어디 소설이 진행이 되겠어??-_-^…

'전화 받으세여~ 울랄라울랄라'

깜딱이야…. 〉_〈 언제 전화벨 소리를 이다도시씨로 해놨지? 〉_〈

"엽떼여~~."

"송마빈!! 엄마 물 먹일려고 하는 거니??"

"헉!! 엄마!!"

- '뚝!' -

이다도시씨보다 더 까랑까랑한 엄마의 목소리를 듣는 순간… 너무 놀라서 나도 모르게 플립을 닫아버렸다. >_<

난 그 길로… 수영장으로 달려갔다.

"저기여!! 어제 등록한 사람인데 환불해 주세여!!"

"환불 안되는 대요??"

"안 되는 게 어딨어여!! 해주세여해주세여해주세여!!!"

"억지 쓴다고 되는 게 아니예요…. 저희 수영장 규칙이 그래요!!"

"악법도 법인가여??-_-^"

"네??"

"음… 하여간!! 환불해 주세여!!"

"곤란한데…."

"해줘여!!!!!-0-!!!!!"

"기다려 보세요. -_-"

상담원인지 먼지 하여간 그 여자는 한참 누군가와 통화를 하더니 _

"그럼 20% 깎고 드릴꺼예요…."

"-_-… 그런 게 어딨어여?!?!"

"싫으시면 관두세요…."

"(쎄게 나오는데…?) 그… 그럼 그거라도 주세여!!!"

"기다리세요. -_-"

난… 5만 원 가량 되는 돈을 들고 흐뭇한 미소를 자아내며 집으로 컴백했다. ^-^…

19

오늘은 어쩐 일인지 아침부터 눈이 번쩍 떠지는 것이 죽을 때가 다 됐나부다. -_-+

사실 어제 7시부터 잤으니… 눈이 안 떠지면 난 사람이 아닌게 다.

어제 수영 등록금 환불받은 이유로 엄마가 눈뜨기 전에 살금살금… 집을 나섰다. 잡히면… 토막살인이 날지도 모른다. -_-+

새벽공기가 이런거구나…. 참 맑구나!!!!-0-!!! 버스도 한산한게 다른 세상 같다. =_=…

드르륵~~ 교실 문을 열고 들어갔더니 ㅇ_ㅇ몇 명 애들이 벌써부터 와선 열심히 공부를 하는 것이 눈에 보인다.

비록 공부는 안 하는 이 몸이지만… 어쩐지 다들 공부를 열심히 하는 것 같아서… 영… 기분 잡친다. -0-

어랏…!!

내 짝꿍 벌써 왔나부네? 연습장이 쫘악- 펼쳐져 있다.

너도… 아침이 적적하드냐…? -0-…

바부!!!-ㅁ- 머엉머엉머엉-ㅠ-성격 시궁창!!!-0-!!!!

넘의 연습장에 낙서로… 장난질을 해놨다.

그리곤 모른 척… 내 전용 베개… 온 국민의 수학책… 정석군을 살짝 꺼내서 1장을 펼쳤다.

음… 1장은 집합이란 놈의 집이구나…. -0-

그럼… 2장 너는 누구니?? 너는…명제와 조건이니?? 둘은 형젠가?? 왜 한집에 살어? -0-

명제… 안녕? ^-^… 조건… 안녕? ^-^… 나는 마빈이야…^-^…

집합이도 명제도 조건이도 참 맘에 안 드는 제목이다. -0-…

한 장 두 장 맘에 드는 놈을 찾아 넘기는데 영~ 맘에 드는 놈이 없다. -_-…

로그가 맘에 들려고 했는데 모양이 영 재수 없다. 다음에… 내가 기분이 살짝 좋을 때 그때 다시 만나자…. ㅠ0ㅠ…

난… 애타게 풀어달라고 외치는 예제 문제새끼 -_- 들을 외면한 채 빨간 뚜껑을 닫고 -_- 잠을 청했다.

"야."

"=_= … 푸…."

"일어나!!!!"

"ㅇ_+… 나?? 마빈이 지금 취침중이야…. =_="

"이거 니짓이지?"

"머머머…. =_="

"눈 사이 확 터버리기 전에… 바로 떠라…."

"ㅇ_ㅇ… 왜 그래!!! 자는 사람한테!!!"

"이딴 짓 하지마 앞으로…."

아까 내가 해논 낙서를 보곤 살짝… 뚜껑이 열렸나부다…. -0-
새끼… 별것도 아닌 거 가지구… 참 오바한다. -_-

귀여운 짝꿍이 장난 좀 친 거 가지고…. -_-

"침 닦던지 얼굴 돌려…."

"응??"

"입에 침 매달렸다…. 좀 봐라…. -_-"

>_<!!!…

순간 당황해서… 흡… 하고 소리를 질렀더니 매달려 있던 침이
뚝하니… 떨어져버렸다. ㅠ_ㅠ

80

우씨… 가볍게 들이마셔줄 수 있었는데… 참 아쉬운 순간이
다…. ㅠ0ㅠ…

"너 자리 좀 바꿔라…."

"머라구??"

"너랑 앉으려니까 나날이 식욕이 떨어져."

"-_-…. 농담 마…."

"농담 같지?"

"어…."

"참 꿋꿋하다. 어디가도 굶어디지진 않겠다. -_-+"

"(개놈-_-) 땡쓰… ^-^** 땡스 베리망치 ^-^*"

"-_-…."

그래도 이놈… 날 이토록 구박할지라도… 간간이 말대꾸는 해주

는 게 솔찬히 쨈있다…. -_-+…

알차다. 기쁘다. !!!-O-!!!!

놈과 한바탕 입씨름을 하고 다시금… 정석을 의지하려고 하는데 이번엔 택현이 놈이… 다가오더니

"너 어제 왜 안 왔어??"

한다…. -_-…

너 같으면 가겠니?? 이놈도 참 답답한 녀석이네 그려…. -_-

"나 이제 안가!!! ^-^ 어제 환불 받았어!!!^-~"

"그래??… 거짓말^-^… 내 몸매 구경하러 또 올꺼면서… . ^-^"

하고… 꺼져버렸다. -_-

이런 말 안 하려고 했는데 저거 아무래도 어디 나사하나 빠진 거 같다. -_-

81

택현이놈이 사라져버리곤… 짝꿍놈이 날 미친 듯이… 야려댄 다…. -_-

"왜!!"

"너 저 새끼랑 학교 밖에서 만나냐?"

"어?… 응… 아니? 머라구 대답해야 하지? -_-"

"잘 좀 봐줄라고 했더니 안되겠네 송마빈 _ 씨발 짜증나."

그렇게 말하곤 짝꿍놈은… 나가서 3교시까지 모습을 드러내지 않았다는 전설이 떠돌았다. -_-

20

4교시는 젠장젠장젠장… >_< 체육이다. ㅠ0ㅠ…

살짝 도망을 가볼까도 생각했지만 저번에 도둑으로 오인 받았던 쓰디쓴 아픔 -_- 을 겪었던지라… 난 제일 먼저 체육복을 갈아입고 밖으로 뛰어나갔다.

"남자는 농구하고!! 여자는 축구장으로 집합!!!"

허구 많은 운동 중에… 어찌하여 왜!!! Why!!

여자에게 그렇게 볼썽사나운 축구를 시키는 걸까 _.,_a

11명씩 양편으로 가른 다음에 우리는 꽤 우스운 폼으로 축구공에 몸을 맡겼다…. ㅜ0ㅜ…

'슛~볼은 나의 친구 볼만 있으면 난 외롭지 않아♪'

갑자기 온 국민이 즐겨봤던 축구왕 슛돌이의 노랫말이 떠올라 흥얼흥얼~~ 거리다 어느새 내 앞까지 온 공을 발견하고야 말았다….

이를 어쩐다어쩌지어쩐다… >_<

갈팡질팡 어찌할 바를 모르던 나는… 무심결에 공을 살짝 차줬더니… 공이 글쎄도… 운동장 반을 넘어서… 단숨에… 골인 -0-이 되어버렸다.

어이없네….-_-

나의 허벅지 힘이 이 정도일 줄은 정말 몰랐는데…ㅠ0ㅠ…

이것은 방금 이 숫은 여자로서… 상당히 쪽팔린 일이다.

'이야~~~~~송마빈 짱!!!'

'야야!!! 너 짱이다!!!'

－_－… 한참 농구를 하던 우리 반 남자애들이 나의 멋진 숏을 놓치지 않고 봤나부다.

여기저기서 휘파람과 박수로 나의 골인을 축하해 준다. ㅠ0ㅠ…

새끼들… 농구나 할 것이지…. ㅠ0ㅠ 그 와중에도… 엄지손가락을 높게 쳐들고 제일 큰소리로… '살코기'를 외쳐대는 택현이 놈이 보였고 저 멀리서… 세수를 하다말고 벙쪄서 쳐다보는 짝꿍놈도 놓치지 않고 내 눈앞에 포착이 됐다.

83

멀어서 안보이지만 넘이 어떤 표정일지 난 알 수 있다. 그래서… 슬프다…. ㅠ0ㅠ…

난 한 골로 단숨에 축구소녀의 멋진 타이틀을 거머쥐게 되었고… 연신 신기하다는 표정이 나를 귀찮게 만들었다. －_－+

"자자!!! 다들 집합!!!"

휴우~

한 시간이 일 년같이 느껴진다는 말은 이럴 때 쓰는거구나….

－0－…

"다음 시간부터는… 다들 수영장으로 집합한다!!!"

헉… 이건… 또… 무슨… 망언이십니까 선생님. ㅠ0ㅠ

"그동안 학교에서 대대적으로 공사를 마치고 수영장이 완공됐다!! 너희가 일타자로 사용하게 된 것을 영광으로 알고 다음 시간부터는 수영장에서 수업을 한다!! 그럼 이상!! 쉬어라!!"

ㅠ0ㅠ…

나 뿐만이 아니라 살짝… 못된 몸매를 가진 뭇 여성들의 불만이 상당해 보인다.

쓰잘데기 없이… 누가 수영장을 지어선 이렇게 돈지랄을 하는 건지… 나 원 참.

ㅠ0ㅠ…

간신히 수영장서 돈 환불받고 물과 인연을 끊어서 좋아했던 게 어제 일인데….

ㅠ_ㅠ…

아무래도 난 전생에 물과 웬수 지간이 아니었을까? 그렇다면 난 혹시 심청이었을까…? ^-^

…ㅡ _^

"희주야!!! ㅠ0ㅠ!!! "

"마빈아!!! ㅜ0ㅜ!!! "

우리는 이제 서로의 얼굴만 보고도… 같이 아픔을 토할 수 있는… 어느새 그런 친구가 되어있었다. -_-

"마빈아… ㅠ_ㅠ… 이왕 이렇게 된 거… 오늘 수영복 사러가자 *^^*"

"…머라구요?…"

"가자가자. 〉_〈"

이게이게 완전 내숭… 덩어리였네…. -_- 싫은 척 하더니 수영
복을 사러가자니…. -0-…

하긴… 나도 이참에… 살색에서 벗어나 산뜻한 수영복을 하나
장만해 줘야하긴 해. -_-;

수영장에서의 수업이 크나큰 타격이긴 했는지 오후 수업 내내…
우리 반은… 그 이야기로 술렁였다.

"짝꿍아… 너 수영 잘 해??"

"어."

"-_-… 조오련보다??"

"난 뒤로도 대한해협 건널 수 있어."

"거짓말… 〉_〈거짓말… 〉_〈"

"…-_-… 너 모하냐??"

"…-ㅜ^ㅜ… 귀여운 척…. -_-"

"다음부터 그런 거 하지마…. 지금도 충분히 쏠리니까…."

"헛…."

"모르는 척 하긴… -_-지도 역겨운 거 알면서…."

그렇게 구박을… 얻어먹고 곰곰이 생각을 해보니까… 참 울컥
억울한 것이… -_- 언제부턴가 녀석이 날 참 막대한다는 생각이
들었다.

"야!! 근데 너 왜 나한테 막대해? 나도 우리 집에선 귀한 딸이란
말이지. -_-+"

"이유따윈 없어."

"-_-… 그럼 앞으로 주의 좀 해죠….-_-"

"… 훗…."

대답을 안 하니 원… 놈이 긍정을 하는 건지 부정을 하는 건지도 통 알 수가 없다. -_-

"근데 짝꿍아… 너 택현이랑… 사이 안 좋아??"

"알면서 왜 물어."

"그게 말이지… 왜 안 좋은지 물어봐도 될까?"

"아니 안돼."

"그… 그래… 그럴 줄 알았어…. 근데 무슨 사인데… 응?? 나한테만 살짝 말해죠. 〉_〈"

그랬더니 놈은… 내 귀를 끌어다가 뭔가 비밀스런 얘기를 해주려는 듯 다가왔다.

-////-… 머머하자는 거야!!!

살짝… 귓가에… 입을 대곤… 놈은 내게 둘의 관계에 대해 말했다.

"저새끼랑 나랑은 전생에 콩쥐 팥쥐였어. 다음부터 한 번만 더 물어보면… 혼난다."

……

비유를 해도 콩쥐 팥쥐가 모냐? -_-

둘 다 팥쥐가 아니었을까?

21

수업이 끝나자 마자 희주는 신바람이 나선 어서 가자고 가자고 닥달을 해댄다. -_-+

"어우야… 빨리 가자. 〉_〈"

"희주야 왜 서두르는거야?? -_-"

"우리의 수영복들이 빨리 만나게 해달라고 울부짖는 소리가 안 들리니?"

이런 말 안 하려고 했는데… 이놈도 참 깬다. -_-

"너 수영 배우는 거 싫담서… -_-"

"그!! 그래!! 싫어!!! 그치만 수영복은 좋은걸?〉_〈"

"머라는거야_.,_a… 근데 학원은 안가??"

"어어… 안가. ^-^"

"왜?"

"어… 오늘 학원 경비 아저씨 아파서 못 온데…!!^-^"

"그게 먼 상관인데…? -_-"

"아저씨가 아프셔서…〉_〈 학원 문을 못 열었다나 어쨌다나."

"-_-…"

그렇게 우리는 학교에서 제일루 가까운 백화점으로 향했다. 내 옆에서 걸음을 재촉하는 희주를 가만히 보고 있자니 -_- 이놈은경 보걸음을 걷고 있다. -_-

그렇게 서둘러 왔건만 이미 수영복 코너엔 우리 학교 애들 몇 명

87

이 미리 와 있었다.

"마빈아… 마빈아!!!"

"어?"

"이거이거 봐봐 이뿌지? 〉_〈"

"비키니 사게?"

"좀 오반가??"

"많이 오바지…. -_-"

"형… ㅠ_ㅠ… 몸매가 좀 돼서 입겠다는데… 왜케 걸리적 거리는 게 많은 거야…. ㅠ_ㅠ"

"-_-^…"

한참 이것저것 고르고 있는데 희주는 헉!! 어디서 많이 본 살색 수영복을 들고 와선 소란을 떨어 재꼈다.

"하하하 마빈아 이거봐봐 이거봐봐. 〉_〈"

"이… 이게… 머…?"

"어쩜 수영복을 살색으로 만들어놨을까??ㅋㅋㅋ 이런 거 사는 사람도 있을까??"

"-_-… 이… 이쁘기만 하구만 왜 그래!!!"

"이뻐? ㅡ.,ㅡa"

"어어… ㅡ.,ㅡ;"

"-_-…."

생각 같아선 이 조래방정쟁이 희주를 확 한 대 때려줬으면 싶다.

음~~ 나도 하나 사긴 사야겠는데 가격대가 만만치 않다. 곰곰이 생각하다가… 그저께 수영장에서 환불받은 돈이 생각나서 검은 색 허리 라인이 들어간 이뿌장한 놈으로 하나 장만했다. ^-^

이 라인이 보통 라인이 아니다. 허리를 잘룩하게 보이게꾸름 해 줄 수 있는 마법 같은 라인이란 말이다. -_-

2시간 가까이 수영복과 희주 사이에서 씨름을 하고… >_< 돌아서 백화점을 나오려는데 교실로 현석이를 찾아왔던… 인형 같은 아이가 저 멀리서 보였다.

나도 모르게 반가운 마음이 앞서서 _

"어머 애!!! 이런데서 보니까 너무 반갑다. >_<

"누구세요?"

"-_-나… 나… 기억 안나니??"

"네…. ㅠoㅠ"

"나… 현석이 짝꿍…. >_<

"아!! 그 언니네… ^_^… 안녕하세요…!!"

"그래그래!! 나 그 언니야…. ^^… 여긴 웬일이니??"

"아~ 내일이 친구 생일이라 선물 사러 왔어요. ^-^"

"아… 그래^-^… 그래 그럼 나중에 보자. ^-^"

그렇게 인형 같은 아이를 보내고 희주를 찾았건만… 없다. -_-

어디 갔지?? 어디 갔지??

한참… 찾다가 혹시나 해서… 아까 그 수영복코너로 살짝 다시 가봤더니만… -_- 거기서… 또 구경을 해대고 있다.

"희주야… 또 모해? -_-"

"어… 마빈아. ⟩_⟨ 아무래도 처음에 고른 게 더 난 거 같아서 다시 보러왔어. ⟩_⟨"

"ㅡ_ㅡ…"

처음 이미지와 너무나도 깨지는 우리의 친구… 희주…ㅠ_ㅠ

모자란 듯 아닌 듯 모자란 듯 아닌 듯…

너의 그 모습이… 날… 마력 속으로 빨아들이는 것만 같구나!! -0-!!!

22

어제 밤새 거울 앞에서 수영복을 입고 만족했던 탓일까? 영락없이 늦잠을 자버렸다. ㅠ0ㅠ…

아침에 일어났더니 침대 위에 수영복을 입고 잠들어 있는 날 발견하곤… 경악을 금치 못했다. ⟩_⟨

어우!!⟩_⟨

고논… 뉘집 딸인지 몸매하난 끝내주는구나!!!-0-!!!!

주섬주섬 교복을 챙겨 입고… 식탁에 덩그러니 올려져있는 도시락을 들고 학교로 향했다.

덜렁덜렁덜렁~

근데 왜 이렇게 숟가락 소리가 나지??___

가만가만… ⟩_⟨ 가벼운 것이… 왠지 좀 수상쩍다. 버스 정류장에서… 살짝 뚜껑을 열어봤더니_

헉!!!

덩그러니 밥알 두 개 -_-^ 다시 말하자면 도시락이 빈 통이다. 어제 먹다 남은… 밥 알갱이 2개 만이 날 반기는 듯해서 얼렁 뚜껑을 닫았다.

엄마가 환불사건으로 단단히 삐졌나보구나…. ㅠ0ㅠ…

한 번도 이런 적은 없었는데… 비어있는 도시락을 들고 학교를 가는 것은 생각보다 꽤나 우울한 일이다…. ㅠ0ㅠ… 마치… 학교에 가는 의미를 상실 했다고나 할까??… -_-+

한참 실의에 빠져… 가는데… 뒤에서 발랄한 소리가 들린다.

"마빈아~~."

"어~ 희주야…. 지금 가는 거야??"

"응응…. ^-^…"

"근데 웬 쇼핑백이야?? 뭐 들었어?? 맛있는 거?? +_+"

"아니아니… 오늘 화이트데이잖어. >_< 작년에 사탕 들고 가느라구 고생해서 오늘은 단단히 가방을 준비해 왔어…. ^-^"

"-_-…"

"왜왜??"

"너… 참 깨는 거 알지??"

"다들 그래…. ㅠ0ㅠ… 알고나면… 또라이과라고 다들 그러더라…. 근데 난 그렇게 생각 안 해. ^-^"

"그렇지…. 그렇게 생각 안 하는 게 문제지…. -_-"

아… 그나저나 오늘이… 화이트데이구나…. -0-

아침에 줄줄이 행진하던 폭주족 등에 매달려있던 그 요란뻑적찌근한 게 먼가 한참 봤었는데… 지금 생각해보니까 그건 사탕이었나 부다. -_-+

사탕을 매고 달리는 폭주족들…-0- 요새 내 주변엔 온통 깨는 것들 뿐이구나….-_-

"마빈아! 오늘 내가 사탕 많이 받으면 너 하나줄게 걱정마.)_~"

"어… 그래. -_-"

"내가 설마 내 베스트한테 안 줄까 봐 걱정했니?? 그럼 서운하다얘….)_("

"-_-…. 아니야… 줄꺼라 생각하고 있었어…."

"응응… 그럼 고맙구….)_("

알수록 놀랄 '노' 자를 떠올리게 하는 희주와 나란히 등교를 하고 나란히 지각으로… 벌까지 받고 나니… 더더욱 우리의 우정이 부각되는 느낌이다…. -0-

교실에 들어갔더니 이것들이 언제 나도 모르게 눈들이 맞았는지 여기저기서 부끄러운 모습으로 사탕을 건네는 이와 받는 이들의 모습이 포착된다. -_-

"짝꿍 하이~"

"어."

"오늘 화이트데이래.)_(언능 매점 가서 막대사탕이나 사와라!!!"

"-_-… 내가 왜??"

92

"짝꿍한테 예의로 하나 건네는 것도… 미덕이 아닐까??"

"-_-ㅗㅗ"

"-_-+… 치사해치사해…. 야야… 그럼 내가 200원 줄게 사올래?? 히히."

"넌… 자존심이란 단어가 먼지 아냐??"

"-_-… 됐어. 농담이었어…."

그렇게 놈과 티격태격하고 있는데… 뒤에서 뭔가가 나의 등살 사이를 파고들었다.

헛… 모야모야. >_<

재빨리 뒤를 돌아봤더니… 예전의 짝이었던… 기억도 가물가물한 존재… -_- 왕경태가 밝게 웃으며 나를 반겼다.

"안녕. ^-^"

"어어… 그래 안녕…. ^-^"

"이거 받어!!!-///-"

그리곤… 놈은 달려라 하니 마냥… 내게 뭔가를 던져주곤… 지자리로 돌아갔다.

o_o 이게… 머야…?

난 자리에 앉아서… 포장지를 벅벅 뜯고는… 내용물을 확인하고… 참으로 놀라버렸다.

놈이… 나를??

-////-… 하트모양의 사탕 위에… '넌내꺼!!' 라는 깜찍한 문구가 새겨져 있었다.

"푸하하하하하하하하"

그 사탕을 슬쩍 옆에서 보곤… 짝꿍도 배를 잡고 웃어 재꼈다.

"머… 머… 야!!!"

"너랑 존나 잘 어울린다…. 하하하하."

"-_-… 왜, 머가…?"

"야야!!! 쟤가 너 좋아하나부다…. 가서 사귀자고 해!! 너랑 존나 잘 어울려…. 천생연분…. ^-^"

난… 놈이 이렇게 웃는 꼴을 처음 봤다. -_- 그렇게 웃기게 잘 어울리드냐…? -0-

사탕을 받는 건 참 기쁜 일이지만서도… 받고 쪽팔리기는 쉽지  않은 일인데… 왜 일까…? ㅠ0ㅠ…

경태야, 너의 그 마음… 곱게 간직할게…. 다만… 작게 접어서 간직해도 되지…? 미안…. ㅠ0ㅠ…

23

경태에게 받은 사탕을 수업시간 내내 책상 서랍 속에 넣고 야금 야금… 녹여먹고 있었다.

"야… 우물대지 좀 마."

"웅??… 맛나맛나…. >_<"

"입 미어지겠다…. -_-"

"너두 주까??"

"됐어…. -_-…."

새끼~ 괜히 먹고 싶으니까 저런다. -_-

아우~ 그런데… 사탕이란 건 말이지 녹아 없어진다는 게 최고의 단점이다. -_- 영원불멸하도록… 달콤할 수는 없는 걸까? ㅠoㅠ…

괜시리 사탕의 운명을 생각하니 서러워진다.

불쌍한 놈ㅠoㅠ… 지 한몸 다해서… 주인님께 달콤함을 선물하곤… 소리 소문 없이 사라지는 충실한 놈.

그렇게 슬퍼하다 보니 어느새 또 녹아 없어졌다. -_-…

얼마나 녹여 먹었는지 혓바닥이고 잇몸이고 온통 쭈글거린다. -_-+…

쭈글쭈글쭈글!!! -0-!!!

마지막으로 한 개만 더 먹고 고만 먹어야징…. >_<

책상 서랍 속에 손을 쑥~ 넣었다가 난 +_+… 기겁을 했다.

내 책상 서랍 속에… 언제 침범했는지… 짝꿍놈의 손이 들어와 있었다.

야금 야금 내 식량들을 아까부터 축내고 있었던거다.

야비한 놈…!!!

"야!"

"모…. -_-"

"내꺼 왜 먹어. 허락도 없이…. -_-"

"나 안 먹었어. -_-"

"거짓부렁쟁이… -_-… 그럼 내 서랍 속에 손 왜 넣은 거야!!!"

"몇 개 남았나 궁금해서…. −_−"

"말두 안돼. −_−…"

"좀 안되긴 하지?"

"어…. −_−"

"그래! 먹었다! 꼽냐! 씹 −_− 사탕 하나 가지고 사람 쪽팔리게 만드네…. −_−"

"그… 그게 아니지!!! 왜 준댠 때 안 먹고… 몰래 먹냐 이거지!!!!"

"됐어…. 존나 치사해. −_−ㅗ… 이따 학교 끝나고 따라와. 씨발 ~ 사주고 말지…."

"아니… 사줄꺼 까진 없구 −_−… 그냥 그렇다는거지!!"

"잔소리 말고… 따라와서 조용히 받아가라…. −_− 그리고 오늘 일 다시 언급하면 왕사탕으로 이빨 다 부셔버릴꺼야…."

"−_−;;;;"

그렇게… 놈과… 콩알만한 사탕 하나 가지고… 한 시간을… 얼굴 불켜가며… 야려댔다.

분명히… 저놈이 잘못 한건데… __a 왜 마지막엔… 내가 미안해지지…? ㅠ0ㅠ… 건 필히 넘의 기가 너무 세기 때문이다.

수업이 다 끝나고 가방을 메고 뒷문으로 나가려는데 뭔가가 뒷목을 꽉… 쥔다.

켁_ 켁_

"머야!!??"

"어디 가려고?"

"머야!! 집에 가지 이눔아!!!!-_-"

"내가 그 치사한 사탕… 준다고 따라 오랬잖아."

"됐어됐어. >_< 왜 그러냐 너… -_- 내가 미안해 미안해 미안해 됐지?? 그럼 안녕. >_<"

"이빨 부셔버린다고 말했지?"

"헛… -o-… 꼭… 그렇게 줘야겠냐?? 그래야 직성이 풀리겠어??"

"어…."

그렇게 난 참 이상한 성격을 가진 놈을 따라서 학교 앞에 있는 대형 마트로 들어갔다. 놈은 사탕코너로 저벅저벅 걸어가선… 1년을 먹어도 못 먹을만한 커다란 자루에 든 사탕 2봉지를 들고는 계산대로 갔다.

o_o… 설마… 저거 나 다 주는 건 아니지??

"야!! 가져가!!"

"이… 이게 머야…. >_<"

"이거 다 먹고~~ 이빨 싹 뽑혀라!!!"

여기 안 따라와서 니놈에게 이빨 부심을 당하나… 그거 다 먹고 뽑히나 그게 그거지만 이왕이면 -_-^… 먹고 뽑히는 게 낫다…. 굿 선택이야!!-_-

놈은 설마했던 그 커다란 자루 2개를 내게 넘기곤 혼자 뚜벅뚜벅 가버렸다.

싸이코 >_< 싸이코 >_< 싸이코 >_<…

돈 많은 싸이코- _ -^

이걸… 다 먹는 것도 문제지만 당장 들고 갈 것도 참 큰 문제다.
ㅠ0ㅠ…

하여튼… 오늘 화이트데이라구 사탕을 2개나 받아가는구나…
(물론 한 명은… 이상한 이유로 줬지만… _ _)

송마빈!!!

넌 이제 예전의 마빈이가 아니야!! 화이트데이에 사탕을 2개나
받는 그런 인기녀라구!!!-O-!!

_ _^…

24

아침에 눈을 번쩍 뜨고 일어났는데… 머리가 묵직한 게… _ _이
상해서 만져봤더니 베개가 머리에 떡하니 붙어있다.

신기하도다. -O-… 베개가 어떻게 머리에 붙어있지?? 고놈고
놈… 신기하네…. _ _

머리에 붙어있는 베개 새끼를 확!! 떼고 보니… 머리가 한웅큼
붙어서… ㅠ0ㅠ… 몽땅 뽑혔다…. ㅠ0ㅠ… 아퍼아퍼아퍼…. >_<

두둥!두둥!두둥!

가만히 사태의 심각성이 느껴지고… 처음부터 어찌된 일인가…
어제 밤으로 천천히 돌아가 보기로 했다. (O_O)

잠깐… 셜럭 홈즈처럼 바바리에 돋보기라도 들어야 하나??

아니지… 뻗친 머리나 우선 가다듬고…

어젯밤_

나는… 놈에게 받은 사탕 한 자루를 뜯어선… 10개를 침대 위에 올려놓고… 하나… 둘… 셋… 넷… 까먹기 시작했다. 그리고… 아홉 개가 입 속으로 골인하는 순간부터 기억이 없다.

아홉 개 째 재수 없이 걸린 계피맛 사탕을 입에 넣고 잠이 들었던 것 같다.

그럼… 단 국물이 침과 적당히 섞이면서… 볼 옆으로… 주룩 흘러 내리고 ┳0┳… 비단 같은 내 머리와 베개를 일치시킨 거였구나…. ^

아윽… !!! 0!!!

나쁜놈… 왜 사탕을 줘서는… 이 모양을 만들어 놔. 〉_〈 하면서… 두 주먹을 주머니에 넣는 나다.

참참!!〉_〈!!

참참 오늘 체육 들은 날인데… 늦은 나머지 마법 같은 라인이 들어간 체육복을 속에 입고 그 위에 교복을 입어줬다.

속에서 쪼여줘서 그런지… 〉_〈 오늘따라 교복 라인이 참 산다…. ^_^

날씬한 허리!!

그것은 여성의 특권입니다. ^ 때로는 저주일 수도 있습죠.

교실로 입실해… 잘록해진 허리를 흔들거리며… 자리로 다가갔다. 〉_〈

99

아침부터 짝꿍놈 면상을 보니 영… 기분 잡친다. -_-

"-_-하이 방가르~"

"어할룽-_-"

놈의 입에서 할룽이란 단어가 나오는 꼴을 보곤 난 너무나 놀라왔다. 하긴 너도 같은 신세대인걸…. -_- 나름대로 인정해 줘야 하지 않겠니? -0-

"하하하하하하하하."

갑자기 미친 듯이 웃어대는 짝꿍-_-;

"또… 또… 모야!!!!"

"너 속에 수영복 입고 왔지??"

"헛… -/////-… 어… 어떻게 알았어?!!!"

"야야…."

"응?"

"병신아 다 비쳐…."

"헉…. >_<…"

"진짜… 코메디한다…. 사람 웃기네…. 하하하하하. 너 유머일번지 시대에 태어났으면 최우수 개그우먼이었을꺼다…." (여기서 잠깐!! 요즘 학생분들은 유머일번지 라는 그 잼 있었던 프로그램을 모르실 수도 있겠네여. 예전에 심형래씨의 영구없다~나 부채도사가 판쳤던… 몸으로 웃겼던 개그프로의 최고봉 프로그램였습니다)

난 넘의 말이 끝나자 마자… 머리끝부터 발끝까지 벌겋게 열이 오르는 것을 느끼곤 달리 방법이 없어서… 확!! 엎드렸다. -_-

이게 장땡이니라…. -0-

……

……

…=_=…??

…… 어랏…??……

한참 놈이 조용한지라… 수상쩍어서… 고개를 살짝 들어볼까도 생각했지만… -_- 얼굴에서 피가 나는 것처럼 빨개진 후 -0- 모른 척… 계속 엎드려 있었다.

스륵~

머야…?? 등에 뭔가가 얹혀진 거 같은데…ㅇ_ㅇ…

"야야… 등 쪼이면서 엎드리니까 더 비쳐…. 니 등살 보기 민망  스럽다…. -_-"

하며 놈은 어디서 주워왔는지 체육복을 살짝 덮어줬다.

쳇쳇…-_-+

꼴에 어디서 본 건 많아가지구… 그럼 아까… 조용한 내내 은근히… 내 몸… 봤지!!그치!!!

내 관능적이고 착한 몸매가 드러나니까 부끄럽드냐…? -0-

25

"다음 시간에 다들 강당 옆에 있는 수영장으로 집합하래!!"
반장이 조용한 교실에… 폭풍과 같은 말을 뱉어냈다.

웅성웅성…

희주와 쫄래쫄래 애들 속에 파묻혀 수영장으로 내려갔다.

"자자!! 다들 옷 갈아입고 2열 횡대로 집합해라!!"

>_< 그 곳에는 이미 우리 체육선생님이 사각 수영복을 입고 목에는 호루라기를 매시고 우리를 반갑게 맞이하셨다.

영락없는 아저씬데도 수영장에서 보자니 -_-+ 좀 남달라 보인다. =_=…

선생님 배… 짱!!! >_<

밍기적 밍기적… 탈의실로 가서 교복 블라우스 단추 3개를 풀러재끼니 훤하게 수영복 차림이 드러났다.

아잉~ 부끄러워…. >_<

수영복 위에 흰 티를 하나씩 입고 뭉탱이로 우루루 나갔더니 우리 반 남학생들이… 눈을 아래위로 훑어대며 반겨댔다.

보지맛!!! >_<

사실 날 보는 사람은 한 명도 없었다…. -_-^…

선생님은 모두를 횡대로 세워놓고 온국민이 즐겨하는… 국민체조를 시킨다. 수영복을 입고 국민체조를 하니 색다른 재미가 느껴졌다. -_-^

특히 양발 벌리고 엉거주춤… 팔을 옆아래로 저어대는 그 자세가 인상깊게… 뇌리에 박혀버렸다. >_<

"오늘은 첫 시간이니까 물에 친숙한 느낌을 갖도록 자유수영시간을 갖도록 하자."

그 말이 끝나자 마자 하나둘 물속으로 뛰어들어가기 시작했다.

풍덩!

퐁당!

푸~우웅덩~!

-_-+… 지금 봤는데 경태 왼쪽 엉덩이에 영심이 캐릭터가 예쁘게도 새겨져 있다.

알고 입은 걸까??__a

귀연 놈 -_-

하나둘… 남자애들은 사뿐히 뛰어들어갔고… 그 중에 참 튀는 놈이 있다면 그놈은 단연 택현이었다.

다이빙하는 폼을 보고 난 택현이가 한 마리의 새가되어 하늘로 날아가는 줄만 알았다. └_-_┘

103

치~ 누가 지 수영강사 아니랄까봐 새끼~ 폼 잡긴…. -_-^

"와~"

다들 감탄을 연달아 뽑아낸다.

그치… 넘이 폼이 나긴 좀 나지…. -_-

"마빈아… >_< 택현이 봐봐… 야야… 넘 멋지다. +_+"

"멋지드냐??"

"어어… 여기여기 만져봐. >_<"

하며… 희주는 지 가슴께로 내 손을 덥썩 올려놨다.

아우… >_< 부끄럽게… -_-^ 이놈… 은근히 글래머잖어. -0-

… 경계해야겠다. -_-

"봐봐봐봐… 나 지금 쿵쾅거리지?? 응?응??"

"그런가??＿＿a 내가 느끼기엔 배고파서 진동을 하는 거 같은데 ─..─;;"

"바보!! 바보!! 아니야아니야… 잘 들어봐. 이건 사랑에 빠져서 벌렁거리는 심장 소리야!!!!"

"─_─… 사랑에 빠져?? +_+"

"어어!!! 아무래도… 큐피트의 화살이 꽂힌거 같엉. 〉_〈"

"어… 그래? ─_─"

"응응… 맞어. ^─^"

아무래도… 큐피트의 화살은 한 번에… 열댓 명의 가슴에 불을 지른 듯하다. ─_─ 정력 좋은 큐피트 같으니라구. ─_─+

넘의 팔동작 하나하나에… 여자애들은 거의 기절 직전이다.

─0─…

그런 와중에도 왜 난 넘의 겨드랑이 털에 시선이 가는 걸까?

ㅠ0ㅠ… 나도 이런 내가 싫다 이말이지…. ─_─

한참 희주가 옆에서 발광을 해대는 터라 멍하니 같이 놈을 구경하고 있자니 멀리서 누군가 나를 보는 시선이 느껴졌다.

뭐지…＿＿…

아니나 다를까 두리번거리니 한번만에 ─_─짝꿍놈이 멀리서 날 비웃은 모습이 포착됐다.

"^─^ㅗ"

슬며시 웃으면서 넘에게… 사랑의 표시를 날렸더니─_─…

"ㅗ^-^ㅗ"

놈도 잊지 않고… 리플을 달아줬다. -_- 난 하나 줬는데… 두 개
나 주는 놈이 어찌나 고마운지 모르겠다. -_-

26

참 어이없는 수영시간은 그렇게 지나고… 교실로 올라왔다.

젖은 머리를 휘날리며 택현이 놈도 으쓱해서 -_- 교실로 돌아오
고… 여자애들은 연달아 우~우~ 하며… 놈의 움직임을 포착했
다…. =_=…

"훗…."

짝꿍놈도 그런 분위기를 눈치 챘는지 옆에서 아주 똥 씹은 표정
으로… 혼자 비웃어대기 시작했다.

"질투나냐?"

"모가…."

"너랑 사이 안 좋은 놈이… 갑자기 인기 상승 돼서 거슬리드냐?
—.,—"

"내가 그런 유치한 놈으로 보이냐?"

"어."

"까불지 마라…."

"-_-… 칫…."

사실 넘의 '까불지마' 라는 말의 억양이 적당히 저음이었던지

라… 정말 입 닫고 까불기를 멈췄다. -_-

"짝꿍아…. =_="

"왜."

"있지~ 나 200원만…. -_-"

"모하게."

"음료수 먹고 싶은데 주머니에 300원밖에 없어. -_-"

"그럼 참어…. 넌 능력도 없는게 하고 싶은거 다하고… 먹고 싶은거 다 먹고 어떻게 이 힘든 세상을 살아갈래??"

단돈 200원 때문에… 세상살이에 관해 운운해대는 놈이… 참으로 쫌시러워 보이는 것이 상종도 하기가 싫어졌다. -_-

"그럼 100원만 …-_-… 우유 사먹을게…."

"훗… 쪼다같애. 너…. -_-"

"쪼다?? 그게 먼데??"

"니네 엄마한테 가서 물어봐라. 엄마엄마 쪼다가 모야?? 내 짝꿍이 나한테 쪼다같대*^^* 이렇게…. -_-"

"치치치치치!!!"

"아씨… 침터!!!"

"어디어디어디!! 〉_〈"

"어딘지 말하면 다시 핥아먹을래?? -_-"

"됐어됐어됐어. 〉_〈"

난 요즘 놈과 말씨름을 해대며 하루를 보낸다. -_- 언제부턴가 넘과 말대꾸를 해대는 것이 학교에서의 유일한 낙으로 자리 잡혀가

106

고 있었다.

종례가 다 끝나가고 수영복을 가방에 챙기고 있는데 물안경이
안 보인다. =_+…

수영장에 두고 왔나???

"짝꿍아! 내 안경 못 봤어???"

"너 안경도 쓰냐?? 존나 역겹겠다…. -_-"

"아니아니!!! -_- 물안경!!"

"내가 훔쳐갔을까봐 물어보는거냐??"

"아띠… 됐어!!!"

성난 사자처럼 -_- 내게 공격을 해대는 놈을 남겨둔 채 가방을
메고 수영장 쪽으로 향했다.

어딨지?? 어딨지??

탈의실에도 없고 계단에도 없고 물 속에 빠뜨렸나??___a

수영장 내부로 들어갔더니… 누군가… 혼자 수영을 하고 있다.

누구지?? 가까이 다가가 목을 쭉 빼고 보니 택현이는 언제 내려
왔는지… 혼자 미친 듯이 수영을 해대고 있었다.

뭐야…? ___…

뭔가에 원수가 진 듯… 물새끼들을 다 때려잡을 듯이 앞으로 전
진해 가는 놈이… 약간은 무서울 정도로 진지해 보였다.

놈을 정신없이 지켜보면서 수영장 테두리를 쭉… 돌아가며 안경
을 찾아 헤맸다.

어랏!!! 저기 있네!

○-○ 안경놈이 나 여기 있지 롱~ 약을 올리며 밑에 가라앉아 있는 것이 보였다.

우띠… 어떻게 꺼내지?? 손을 쑥 넣어보았지만 택도 없다. -_-

썩 내키지는 않았지만… 택현이를 불러내서 시켜야겠다.

"야!!!"

"……"

"야!! 택현아!!!!"

"……"

수영에 너무 집중해 있는 놈은… 내 큰 목소리를 듣지 못하고… 계속 전진만 하고 있다. -_-ㄴ

"야!!! 야야야야야!!"

"……"

… -_-a… 에씨…!! 에라이!!

이젠… 내 긴다리를 이용해… 꺼내는 수박에 없겠구나…? -_-

사실 내가 발가락 찝기가 예술이다.

치마를 걷어 부치고… 한쪽 다리를 물속으로… 쭉… 뽑아내렸다. 생각보다… 깊네…. =_=… 도통 닿지가 않는다.

좀만 더 끙끙… —.,—∞ 조금만 더….

릴렉스… 릴렉스… -_-….

어어어어!!!☆★

한순간에 발을 헛딛여 몸이 물 속으로 골인이 되어버렸다…. >_<…

한순간에 일어난 일인지라… 심장놈이 놀랬는지… 정신이 아득해지고… 앞이 컴컴해진다.

여긴 왜 이렇게 깊은 거야. 난 놀라서 버벅대고 허우적대는 그 순간에도… 젖은 교복을 입고 집에 어떻게 가지?? ㅡ.,ㅡa 그 어려운 문제에 대해 걱정이 되고 있었다.

'후아~~ 푸~~~'

"사… 살려줘!"

"사… 살려주세…요. ㅜ_ㅜ"

이쪽 테두리 라인은… 꽤 깊은 거 같다. 허우적대며 다리가 닿나 최선을 다해 뽑아봤지만… 최대한 뽑아내렸지만 닿질 않는다.

허우적허우적…

……꼬…르…륵… @_@

"야!!!… 야!!! 눈 떠봐!!!!"

109

큰 소리로 나를 불러재끼며 싸다구를 찰싹찰싹… 때려대는 게 느껴진다.

아퍼아퍼아퍼…. 〉〈

정신은 드는데 눈이 안 떠진다. =_=…

한참… 이 지난 후에 슬쩍… 눈을… 떴더니… ㅡ_+… 신기한 듯 나를 내려보고 있는 택현이 놈이… 보인다.

날 아까 그토록 쎄게 때려댄 게 너였니?? ㅡ_ㅡ 때리는데 감정이 들어간 거 같은 게… 영~ 내 짝꿍놈 같았는데…?

"야!!! 너 교복입고 수영하면 어떻게 해? 〉_〈"

"-_+… 그러게….”

"일어날 수 있겠어??"

"글쎄 일어나 봐야 알겠어….”

"우선 양호실 가서 약 먹고… 좀 쉬다 가자….”

처음에 날 질질 끌고 가던 놈은… 영~ 안되겠는지 _

"야! 업혀 봐!"

라고 엄청난 말을 한다. -_-

내가 지금 아무리 곤란한 처지라도… 너한테 업힐 수는 없지….

110 〉_〈

"앉아 봐. 업히기 편하게….”

"하하… 업힌다면 어쩌나 걱정했는데 진짜 업히게?? 예의상 한 말이었단 말이야…. ㅠ0ㅠ"

"-_-… 그럼… 기어갈테니까 옆에서 채찍질 좀 해줘….”

"하하하. 농담이야… 업혀!!"

하더니 놈은 물에 쫄딱 젖어서 더욱 무거워져 있을 나를 단숨에 업고는… 처음엔… 천천히 걷더니 나중엔 힘에 부친지… -_- 뛰어 가기 시작했다.

양호실에서… 얼마를 누워 있었을까… 한참을 자고 일어났다.

"어~ 깼네…? 야! 선생님 퇴근하셔야 한대. -_- 이제 그만 자라….”

"어?? 어… 인나야지…."

놈은… 일어나야지 라는 나의 말에… 기쁨을 감추지 못한 채 밝은 미소를 띄운다. -_-쳇…

어랏…?? @_@…

근데… 어느새 옷이 체육복으로 바뀌어 있다.

"야… 근데… 내 옷 언제 바꼈어??"

"어… 미안하다…. 못 볼걸 보고 말았어. ㅠ0ㅠ…"

"헉… 모야?? 니가 갈아 입힌거야?? -///- 야야야야!!! 너 머야 머야머야!!!"

"-_-… 볼 것도 없더구만…."

"우씽… ㅠ0ㅠ…"

"농담이야…. -_-… 내가 시력 버릴 일 있냐? 선생님이 갈아 입혔어…."

"응?… 아~ 그랬구나…."

왠지… 아쉬움이 드는 이 마음은… 뭘까?-_-… 이건 나 자신에게 줘야겠다. -_-ㅗㅗ

어느새 학교 밖은 어둑어둑한 초저녁으로 바뀌어 있었다.

"오늘 고마웠어…. 내가 내일 사탕 5개 줄게…. -_-"

"-_-… 어… 야… 데려다 줄게… 가자."

"아냐아냐… >_< …나 혼자 갈게."

"앞장서…. 어차피 오늘 수영장도 못 갔고 할 일 없어."

"아… 나땜에 못 갔겠구나…. ㅠ0ㅠ…"

"너희 엄마가 제일 아쉬워 하셨을꺼다…. 하하하하."

"아…‐_‐…"

그렇게 놈을 보디가드로 쓰기엔… 약간은 부실해 보였지만 어쨌
든… 앞세워서 집으로 향했다.

28

택현이 놈과 나란히 집으로 향하고 있다. 뭐가 그리 기분이 좋은
지 놈은 룰루~ 랄라~ 휘파람을 불어대며 앞서 걷고 있었고 난 놈
이 남긴 발자국을 따라 콩콩 뛰어가고 있었다. =_=

사실 말이 콩콩이지 자세히 들어보면… 쿵쾅쿵쾅이다. ‐_‐^

"야…."

"응??"

"왜케 느려터지냐…? ‐_‐… 빨리 따라붙어."

"응…."

"내가 지금 배가 무진장 고프거든??"

"응…. ‐_‐"

"너 데려다주고 가는 길에 죽을지도 몰라…."

"응…??

그럼… 여기서 가. 나 안 데려다 줘도 돼. >_<

"그 말이 아니라… 내가 니네집에서 밥을 좀 얻어먹고 가야겠
어."

"밥???… 집에 엄마 없을텐데…."

"니가 차려주면 되잖아…. ^-^"

"나 밥 못해…."

"존나 잘하게 생겼어. -_-…"

"-_-… 무슨 뜻이야??"

"아니… 그냥 잘하게 생겼다구…."

"돈주께 사먹을래??"

"내가 그지새끼냐?? 삥 뜯어서 밥 먹게?? 너 나 아니었으면 수영장에서 뻗어서 아직도 자고 있을껄??"

"헛… 그… 그렇긴 한데… 아… 알았어. -_-"

그렇게 놈을 끌고 집안으로 발을 들여놨다. 완전돼지 우리가 따로 없구나. -0-…

주섬주섬… 날라다니는 엄마의 속옷과 걸레들을 치우곤… 놈을 쇼파에 살포시 앉혔다.

"기다려…. -0-…"

"맛있게 차려봐라!!!"

"네네. -_-"

대충 식어빠진 밥을 퍼놓긴 했는데… 반찬이라곤… 쉬어빠진 김치밖에 없는 것이… 내놓기가 참 민망하다.

"택현아. ^-^"

"왜?"

"라면 오케이??"

"라면 거부!!!-_-"

-_- 아무거나 먹지… 냉장고를 다시 살포시 열어 있는 것을 다 꺼냈다.

파 한 줄기, 양파 한 쪽, 마늘새끼12개, 두부1/4모, 호박… 애호박인가?? 암튼 그거 한 개…

위의 재료로 어떤 음식이 나올 수 있을까…? __a

…식탁의자에 앉아 신중한 고민 끝에… 된장찌개라는 기막힌… 아이템이 떠올랐다!!!!-0-!!!!! 한 번도 만들어 본적은 없지만…-_- … 엄마가 애용하는 요리책을 꺼내서 된장찌개 페이지를 열어놓고 수리수리마하수리… 요리질을 해대기 시작했다.

한참… 내가 새댁이 된 걸로 착각하며… -_- 토닥토닥… 애호박을 썰어대고 있을 때쯤… 택현이가 뒤로 바짝 다가와_

"야!! 너 머하냐??"

라는… 깨는 목소리를 들려준다. -_-…

"머하긴…〉_〈 요리중이지."

"있는 거 대충 차려. 뒷모습 아줌만 줄 알고 놀랐잖아…."

"-_-…"

"근데… 너 그거 왜 썰어??"

"이거?? 호박?? 된장찌개에 넣을라고…."

……

…-_-a……

……

"하하하하하하하하하… 야야야야야!!!! 니눈엔 이게 호박으로 보
이냐??? 하하하하하… 졸라 웃기네…."

"… 왜… 그래??… 머 잘 못 먹었니-_-??"

"병신아… 그거 참외잖아…. -_-… 개구리참외."

"개구리참외???… 헉… 진짜??"

"먹어봐라. 달짝찌근할꺼다…."

난 호박으로 추정됐던 개구리참외의 한쪽 구탱이를… 싹둑 잘라
내 입으로 골인시키고 오물오물… 맛을 봤다.

참말로 달짝찌근하구나…. ㅠ0ㅠ…

여전히 미친 듯이 웃어대며 날 향해 삿대질을 해대는 놈을 외면
한 채… ㅠ0ㅠ… 호박이 빠진 된장찌개를 보글보글 끓여댔다.

115

"야!! 밥 먹어!!!"

"다 됐냐??"

"어… 다됐어…. -0-"

"그래… 먹자. ^0^"

하마터면 된장 넣고 끓인 참외 화채가 될 뻔한… 된장찌개에 숟
가락을 푹 담그곤… 놈은 맛을 보기 시작했다.

"-_-…"

"왜… 왜 그래…. ㅠ0ㅠ"

"니가 입 벌리고 먹어봐…."

"이… 이상해??"

난 넘의 무서운 눈초리를 피해 한 입 꿀꺽 삼켰다…. >_<

켁… 소금소태다…. ㅡㅡ

"택현아… 미… 미안해…. ㅠ0ㅠ…"

"됐어…. 오늘 나 간만에 웃게 해준 걸로 만족한다. ㅋㅋ…^-^"

결국 놈은… 살짝 노란색으로 변하려고 하는 식은 밥땡이만… 간장에 콕콕 찍어대며 먹고… 도망이라도 가듯… 우리 집을 빠져나 갔다. ㅠ0ㅠ…

그래도 오늘… 나의 목숨을 구해 준 놈인데… 대접이 영… 입에 담기조차 힘들게 허술한 게… 몹시 미안해졌다. ㅠ0ㅠ…

내일… 맛난 도시락 싸가서 나눠줄게… /-0-/

29

아침 햇살이 반짝반짝 >_<…

사랑스럽게 앞치마와 머릿수건을 두르곤… 발고락으로 날 꼬집 어대며 깨우는 엄마를 보자니… -_-+ 참 잘 맛이 안 난다.

아침을 배터지도록 -0- 먹으며… 식탁에 마주앉아 엄마님께 어 제 일을 말했더니… 첨엔 관심 없게 콧구멍으로 내 얘기를 듣는 엄 마가 택현이의 얘기인 거를 알고는 눈을 초롱초롱 뜨고… 자세히도 경청해준다. >_<

"어머어머!! 그럼 택현 강사가 너의 생명의 은인인거니?? 엄머엄 머 웬일이야. >_< 너무 멋있다 애~."

"-_-… 암튼그랬다 그거지…. 밥도 제대로 못 먹이고 보낸 게 좀 미안했어…. –_–^…"

"그럼 어제 냄비에 있던 그 똥색 국물을 택현 강사에게 먹인거야? >_< 마빈아! 너 조금만 기다려. 엄마가 맛난 거 만들어 줄테니까 택현 강사한테 가져다 주렴. >_<ˊ

"안돼… 지금도 늦었어. 지각한단 말이야."

"맨날 하는 지각 오늘도 좀 하면 어때서!!!"

정령… 당신은 나의 어미요??–_.,_ 그렇게 40분 가량 지지고 볶고 한바탕 부엌에서 난리를 치른 엄마는 4층 짜리 찬합을 꺼내선 채우기 시작했다. –_–

1층엔… 사랑스런 밥과 완두로 장식한 하트새끼가 자리잡았고… 2, 3층엔… 가지각색을 자랑하는 맛나는 반찬과… 4층엔… 한번도 내게는 챙겨준 적이 없는… 생전보도 먹도 못했던 희귀한 과일, 그리고… 안방으로 달려가선… 뭔가를 메모하더니 본홍색 편지까지 끼워서… 내게 고이 건넸다. –_–

어제 냉장고엔 분명 식어빠진 김치 쪼가리밖에 없었는데 이 집엔 나 모르는 음식 비밀창고가 있는 게 분명하다. +_+

달랑 반찬통 하나 –_–가 들어있는 내 도시락과… 4층 짜리 찬합통을 덜렁덜렁 들고… 학교로 향했다. –_–

"굿모닝… 희주 ^–^…."

"어… 어… 잠깐!!!! 나 화장실 좀…."

논은… 두루마리 한 통을 들고… 얼굴이 파래져선 나를… 본 척도 안하고 화장실로 뛰어갔다.

빨리 가라…!!-_-…

날 스쳐가는 희주의 뒷모습 뒤로 야릇한 냄새가 흐릿느껴졌다.

지렸나??-.,_a

"하이~ 짝꿍."

"어…."

"-_-… 모하냐!!"

"안 보이냐?? 공부하신다!!"

"켁…. -_-"

놈은 어울리지 않게 영어단어장을 펴놓고 씨부리며 외우는 건지 싸우고 있는 건지… 단어새끼들을 노려보고 있었다. -_-

118

"근데… 그거 모냐?"

놈은 내 얼굴은 안보고 손에 든 커다란 밥통에만 시선을 둔 채 처음 보는 초롱초롱한 눈빛을 쏜다.

"아~ 이거 도시락."

"야, 야… 너 혼자 그거 다 먹게??… 하긴 모자랄 듯 싶다. -_-"

"그래. 나 혼자 다 먹고 배터질꺼닷!!!!"

"처먹는 건 좋은데 먹고 트름하면 죽여버릴꺼야."

"-_-…."

말은 그렇게 했지만 놈은 틈틈이 내 도시락에 관심을 보였고 난 빼앗길새라…-_-… 나의 작은 가슴속으로… 조금씩 품어대기 시작했다.

'딩동댕동~'

점심시간 종이 울리고··· 찬합을 나의 생명의 은인에게 건네긴
해야하는데 영~ 쪽팔린 것이 손이 부끄러워지기 시작했다.

에라~ 몰겠다. >_<

"야! 생명의 은인아!! ^-^"

"왜 살코기. ^-^"

"-_-··· 이거 엄마가 너 주래!!!!"

"이게 머냐?"

"밥이다. -_-"

"헉··· 어제 존나 미안했나보구나. ^-^"

"몰라몰라!!! 엄마가 주랬어. >_<"

그렇게 도시락을 건네고 자리로 돌아왔더니 희주논이 날 미친
듯이 부러려대고 있었다.

"모야. -0-"

"난 죄 없어. -_-··· 너의 라이벌 우리 마미께서 건네주랜거야."

"니네 엄마랑 택현이랑 무슨 사인데? -0-"

"무슨··· 사이냐구??··· 음··· 우리 엄마가 짝사랑하는 사이야···.
-_-"

"-_-··· 니네 엄마 이뻐??"

헉···!!!

주변에 왜케 다들 이상한 사람 뿐인거야. >_<

논의 말은 대꾸할 가치조차 없다고 재빨리 판단한 후··· 밥을 입
에 넣기 시작했다. 택현이놈 근처에서··· 이리저리 탄성 질러 나오

는 소리가 들려왔다.

　그도 그럴 것이 내가 봐도 참으로 대단한 도시락이었다…. -_-

　주변애들 눈초리를… 삭삭 피해가며 밥을 뚝딱 먹어치우곤… 도시락 뚜껑을 닫는데… 어느새 놈은 다 먹어치웠는지 몹시 가벼워진 찬합을 다시 돌려줬다.

　"야… 잘 먹었다…. 그리고 이거 갖다드려. -_-"

　놈이 건넨… 종이를 펼쳐보곤… 난 경악을 금치 못했다…. -_-

To정강사님……

마빈이 엄마예요. 어제 그 멋진 구출작전 이야기 다 들었어요….

정강사님… 내 온 정성을 다 담은 도시락 맛있게 드세요….

그리고 답장 기다릴게요. --

120

……-_--- 맙소사……

주책 >_< 주책 >_< 주책 >_<

내 얼굴이 후끈 달아오르기 시작했다.

그리고 그 밑에… 넘의 삐뚤삐뚤한 글씨체도 보였다.

Re(리플…): 마빈 어머님께.

감사합니다. 맛있게 잘 먹었습니다….

어머닝 … 사랑해여~

ps: 어머닝!! 우린 이제 베스트· _~…

···–0–··· 미친놈···

30

혹시나 놈이 과일정도는 남겼겠거니 하고 뚜껑을 열었더니···

왠걸···? – – 그 안에는 망고로 추정되는 과일새끼의 씨앗 밖에 남아있지 않았다.

"그거 저 새끼 가져다 바칠려고 싸온거였냐??"

헉··· 사랑스런 – – 짝꿍놈은 어느새 비어있는 통을 보며 아쉬워 하는 내 뒤에 껄렁하게 서서 내려다보고 있었다.

"모야···."

"저 새끼 줄려고 싸온거였나구···?"

"그래!! 저 새끼 – – 가져다 줄라고 새벽부터 준비해 온 거닷!!!"

"씹··· 너 저 새끼한테 접근하지마···."

"···모라구??···"

"저 새끼한테 알랑방구 끼지 말라구!! 안 들려?"

"니··· 니가 무슨 상관이야!!!"

"상관 있어. 아주 많이 상관 있으니까··· 존말로 할 때 깝치지 마···. 알아 먹었지??"

이놈···–_–··· 지가 탐내던 도시락 다른 사람 줬다고 단단히 토라 졌나부다. –_–

쪼잔한 놈···

121

아니면… 혹시… 날 좋아하냐!!! ㅋㅋㅋ …-–_-… 그건 아무리 생각해도 아닌 거 안다.

짝꿍놈은 5교시 내내 이상한 목걸이 같은 걸 쥐어들곤 내려다보며 한숨만 푹푹 셔댔다.

목걸이를 힐끔… 훔쳐다 봤더니 무슨 사진 같은 게 들어있는 거 같은데… 더 이상 가까이 들여다 봤다간 –_– 한 대 줘 맞을꺼 같은 두려움에 더 이상 다가서진 못했다.

"짝꿍아….”

"……”

"야… 야….”

122

"……”

"삐졌냐?? 쫌생이!! 쫌생이!! 쫌생이!!!”

"입 닫어….”

"… –_– ……”

"지금은 슬퍼하는 시간이니까… 나 건들지 마라….”

–_–… 슬퍼하는 시간은 또 모냐? 그런 거 정해놓고 슬퍼하니??? –_–

놈은 정말로 지금 슬퍼하는 시간 –_– 인지… 금방이라도 눈물을 흘릴 것처럼… 그 목걸이를 내려다보고 있었다.

대체 머길래… –_–…

그리곤… 그 시간이 끝나자마자… 목걸이와 가방을 챙겨들고는 밖으로 나가버렸다.

지금 내가 얼핏 본 녀석은 눈물이 그렁그렁 고여있었는데… 잘
못 본 걸까…??

31

머야머야머야. 〉_〈

새끼 왜 어울리지 않게 무게를 잡고 그래. 〉_〈

놈이 그렇게 나가버린 후… 왠지 옆자리가 허전한 것이 횡해보
인다. 난 살짝 짝꿍놈의 자리로 옮겨 앉아… 넘의 책상에 엎드렸다.

음… 놈은 자리에서 밥을 먹지 않아서 그런지 책상에서 쉬어빠
진 김치냄새는 나지 않고 향긋하고 알싸한 냄새가 나는 것 같다.

123

흠… 흠…

－_－… 지금 머하는거얏!!!－0－!!!

왠지… 엎드려 냄새를 음미하는 내 자신이 변태처럼 느껴지기
시작했다. 재빨리 자세를 고치고 놈의 책상 서랍을 뒤지기 시작했
다. －_－…

별거 없구나….

역시나 놈의 책상서랍 속은 내 예상과 같게도 깨끗한 교과서들
뿐이닷….

"너 모하냐…?"

"헛… ○_○… 너 간 거 아니었어??"

"왜 도둑고양이 마냥 남의 서랍을 뒤지고 난리야? －_－"

"아… 아 미얀… ⟩_⟨… 그냥 머가 들었나 궁금해서… . −_−"

"빨리 니자리로 꺼져."

"어?? 어… 어 꺼져야지. ⟩_⟨"

새끼… 멋지게 나가서 다시 돌아올 건 또 뭐야? −_−

"근데… 왜 다시 왔어??"

"나가다 학주한테 걸려서 존나 맞고 다시 왔다 왜."

"뽀하하하하… 맞았어?? 맞았어??"

"잼 있냐??"

"어어. 너무 잼 있어. ⟩_⟨"

"아유~ 또라이??"

"어어. 아엠 또라이…. ⟩_⟨"

124

"−_−…."

짝꿍놈이 다시 돌아오고 옆이 꽉 찬 느낌이 다시금 드는 것이…
난 역시 사회적 동물인지라 사람 사이에서 부대끼는 것이 참 좋다
는 걸 느꼈다.

"짝꿍아…."

"또 모? −_−"

"넌 내가 그렇게 싫어??"

"딱 보면 모르냐?? 눈치도 존나 없네…."

"−_−… 거짓말!! 거짓말!! ⟩_⟨ 내가 싫은 10가지 이유를 대봐대
봐!!"

"−_−…."

"없지없지?? >_<"

놈은 내 말을 영… 대꾸도 없이 씹고는 연습장에 뭔가를 열심히 적어대기 시작했다.

6교시가 끝날 때까지… 정말 열심히 적더니만 종례가 끝나고 나가면서 내게 작은 종이를 하나 건네고 횡하니 나가버렸다.

머양?? >_<

러브레터양 >_<???

조심조심…

놈이 주고 간 종이를 벅벅 -_- 펼쳐선 읽어내려갔다.

니가 싫은 10가지 이유 -_-

1. 내짝으로서 우선 얼굴이 미달!!!

2. 다음 목소리가 존나 밥맛!!!

3. 몸매도 참 못 생겼음!!! (보기 괴로움)

4. 늘상 뻔뻔함!!!

5. 빈대기질이 있음!!!

6. 돈도 없어 보이는 것이 참 빈곤해 보임!!!

7. 가끔 자세히 보면 눈꼽도 보임!!! 토 나올 뻔함 -_-

8. 공부도 못해서 짝으로서 도움 전혀 안됨!!!

9. 오늘 보아하니 도둑기질도 충분함!!!

10. 마지막으로 정태현한테 얼쩡대는 게 그 중에서 으뜸으로 맘에 안

듬!!!

ps: 100가지도 대라면 가능하지만 오늘은 여기까지…. -_-
이상 불만 있으면 전화하도록!! 적당히 상대해 주겠음!!
011-345-32xx

헉!!!-0-!!!
너 대체 머야!!! ㅜ0ㅜ… 나 이런 거로 상처받는데… 나쁜놈나쁜
놈나쁜놈…

32

놈에게 적당히 상처를 받은 후… 집으로 가는 길에 쇼윈도에 비
친 내 모습을 감상해봤다.

내가 그렇게 못났나?? 음… 페이스도 되는 거 같구… 바스트??
굿이고… 웨스트?? 그건 더 굿잡인데…. ㅜ0ㅜ…

아마도… 이렇게 생각하고 있는 게 문제겠지?? -_- 아무래도…
오늘 엄마를 잡고 한바탕 날 왜 이렇게 낳았냐구… 원망을 퍼부어
줘야겠다.

그 와중에도 저기 보이는 저 닭꼬치는 참 맛나게도 반짝거리는
구나…. ㅜ0ㅜ…

소스는 닭꼬치의 화려한 모습을 더욱 빛나도록 업그레이드를 시
켜줬다. 너의 임무를 충실히 행하고 있구나. +_+

"흑… ㅠ0ㅠ… 아저씨 닭꼬치 얼마예여…? ㅠ0ㅠ…"

"학생?? 무슨 일 있나?? 왜 울고 그래?"

"닭꼬치… 얼마냐구여…. ㅠ0ㅠ…"

"이거… 1500원이지…."

"아저씨!!! 왜 1500원이예여!!! 저기 또순이네는 1000원인데!!! 아저씨도 제가 멍청해 보여서 바가지 씌우시는거예여??"

"아~ 거참 학생 똑순이넨지 또순이넨지 글루가 그럼!! 우리 소스는… 광천수로 만들어서 비싼거야!! 거참 모르면 가!!!!"

"흑… 저… 정말이예여?? 광천수로 만들면 더 맛있나여??"

"그럼!! 먹어본 사람은 우리 집만 찾어!!"

"아… 그… 그럼 2개 주세여. ^-^"

"그려… 2개 줄게…. 가지고 갈꺼지??"

"아니여. 먹고 갈래여…."

그렇게… 왠지 속은 느낌이 들었지만 아저씨와 오손도손 닭꼬치 2개를 깔끔하게 먹어치우곤 덤으로 오뎅국물 3컵도 서비스로 마셔 줬다. ^0^…

집앞 현관 _

'딩동딩동'

"누구세여??"

뭐야… 이 낯선 목소리의 주인공은??-_

"나요 이집 귀한 딸!! 근데 댁은 누구쇼??"

"이 집에 귀한 딸 없수다!!"

"문열어)_〈 문열어)_〈 문열어!!!)_〈 너 누구야!! 도둑이지!!!"

그 말이 끝나기가 무섭게 문이 벌컥 열리곤… 어디선가 많이 봤던 사내가 날 열심히 노려보기 시작했다.

누구지??-_-…

아… 넌 내 친 오빠구나. -0-… 대학인지 머시깽이를 가더니만… 한번도 서울엔 올라오질 않더니 용돈이 떨어졌는지… 집구석에서 날 맞이한다.

"하이~ 오빠? -_-"

"여전하구나."

"또 뭐가!!"

"너 오다 뭐 사먹었냐?? 입 존나 빨개. -_-"

"…닭꼬치 먹었다 왜!!!"

놈을 벌렁 재끼곤… 집안으로 발을 들여놨다. 집안이… 개판이구나. ……-_-……

고등학교 때는 야금야금 지방에서 몰래 숨어서 피던 담배를 이제는 민증에 잉크 좀 말랐다고 거실에 재떨이까지 놓고는 얼마나 펴댔는지… 너구리소굴 같다.

"머야!! 담배 폈어??"

"폈다. 불만이냐??"

"아씨~ 냄새나."

"코 막어!!"

재수없어. ―_―…

"야~ 설거지해!! 내가 너에게 할 일을 정해주겠노라!!"

"지랄하노라!!"

"간만에 맞을라고 사죽을 못쓰는구려!!!"

"내가 이 나이에도 맞아줄꺼 같드뇨!!!"

"일루와라. 디져보자!!!"

"악악악악…!!! 놔!!! 아파!!!"

우씨… ┳0┳…

어릴 때 그렇게 맞은 것도 서러운데 이 나이에도 이렇게 머리가 미친년이 되도록 괴롭힘을 당해야하다니…. ┳0┳…

놈에게 한바탕… 쇼파에 머리박기를 당한 후 앞치마를 매고 열심히 기름이 둥둥 떠다니는 그릇들을 닦아냈다.

멀 처먹었길래 그릇이 이지랄이야!!!―_―!!!

33

한바탕 오빠새끼랑 전쟁을 치르고 났더니 온몸이 뻑적지근한 것이… 내 몸이 내 몸이 아니다…. ┳0┳…

'똑똑'

"머야!!!"

"야… 지갑 내나봐."

"-_-… 왜!! 나 돈 없어!!!"

"나 보단 많겠지. 좀 줘봐."

"아씨… 없어없어없어!! 나가. 〉_〈"

"한번 더 맞을까?? 간만에 레스링 어때?? 유도할까?"

"-_-^… 가방 안에 있어."

"진작 그렇게 나와야지. ^-^"

놈은 내 지갑 안을 쩍 벌리고는 나의 마지막 재산인 15,000원을 쏙 빼서는 홀라당 나가버렸다…. 개늠 -_-+…

…아…

저런 기본도 모르는 놈한테 뺏길 줄 알았으면 아까 닭꼬치나 10개 먹어버릴껄….

생각할수록 침이 도는 것이… 참말로 광천수로 소스를 만들면 다르다는 것을 실감하는 순간이었다. -_-

음… =_=…

이젠… 몰하면서 시간을 때우나…?

오빠도 오고 했으니 엄마님께 알려야겠거니 생각을 하고 전화를 했다.

뚜… 뚜… 뚜…

"여보세여. 호호."

목소리가 너무나 청아하고 맑게 들리는 것이 우리 엄마가 아님이 틀림없다고 생각했다.

"마빈이 어머니 핸드폰 아닙니까??"

"맞는데 누구신지요??"

"전데여."

"누구시죠??… 마빈이 담임선생님이신가요?? 마빈이가 무슨 잘못이라도 했나요??"

"저 마빈인데여? – _–"

"… 이년이!!!!… 왜 장난질이야!!! 엄마 바빠!!"

"바쁜 건 알아. – _–… 늘 바쁘잖아…."

"빨리 말해!! 왜 전화 했어!!"

"엄마! 오빠 왔어…."

"집에?"

"어…."

"근데???"

"– _– 근데라니!! 오빠도 오고 했으니까 일찍 와서 맛난 밥 해죠."

"알았어. 끊어!!"

뚝!!-0-…

이런… 도무지 교양이라곤 찾아볼 수 없는 마녀괴물주책 엄마_

전화를 끊고는… 또다시 할일을 잃어버린 나는… 다시금 아까 짝꿍놈이 던졌던 충격적인 단어들이 떠오르기 시작했다.

아… ㅜ0ㅜ… 다시 생각해도 슬프구나.

… ㅌ_ㅌ…… ㅌ_ㅌ……

그리고는… 마지막 구절에 있던 한석규아저씨가 말하지 않아도 알 수 있다던 그 011로 시작하는 번호가 떠오른다.

　해보까??… 말까??… 해보까??… 말까??…

　하며 내 손가락은 어느새 스위치가 들여 박히도록 –_– 꾹꾹 눌러대고 있었다.

　뚜…… 뚜……

　왠지 뚜뚜 소리도 놈처럼 시건방지게 울리는 게 딱 끊어 버리고 싶은 충동을 자극해 온다. –_–

　"여보세여."

　"……."

　"누구야. 말을 해…."

　"…저 … 전데여…. +_+"

　"저가 누구야!!!"

　"저… 전… 당신이 이 세상에서 제일 싫어하는 사람이여!!"

　"…아~ 존나 눈치 없고 짜증나는 애구나. ^0^"

　"–_–…."

　"아씹… 야~ 너랑 말하고 있으니까 전화기 귀때기 부분이 썩을라고 해…. ㅋㅋ"

　"재섭서!! 끊어!!!"

　뚝… >_<…

　내가 무슨 개깡으로 전화를 이런 식으로 끊은걸까…. +_+…

　슬슬… 전화기에서 도끼가 튀어나와 나의 머리를 내리 찍을 것 같은 두려움이 몰려오기 시작한다.

스물… 스물… 절루갓!! 〉_〈!!!

34

  전화기를 조금 더 멀리 띄어놓기 위해 살짝 들었는데… 그때…
갑자기 _

Rrrrrrrrrrrrrrrrr

울려대기 시작하는 전화…

"여… 여보세여!!"

"야야야야야!!!! 누가 전화 그따구로 끊으랬어!?!?!?"

"헛… 〉_〈… 너 우리 집 번호 어떻게 알았어!!!"

"발신자 서비스도 모르냐?? 존나 촌닭…."

"아… 참 그렇지."

"누가 끊으래!! 그따구로 끊으면 내 기분이 좋을까 나쁠까??"

"끊은 거 아니야. 〉_〈… 끊긴거야!!"

"입 찢어졌다고 개구라를 이뿌게도 까지?…"

"… 미… 미안해…. 근데… 너 머해?? -_-a"

"니가 알아서 모하게…."

"그냥!!!-0-!!!"

"너 할일 존나 없지??"

"… 어… 조금 없는 거는 같애. -_-"

"야! 니가 싫은 90가지 이유가 더 생각났어. 학교 앞으로 5분 안에 튀어나와 봐…. 1초… 2초… 3초….”

뚝…!!-_-…!!

뭐야… 그 90가지 이유를 들으러 학교 앞까지 5분 안에 가라고???

정령… 미친놈임에 틀림이 없구나…. -_-

놈에게 전화건 걸 미친 듯이 후회하며 놈에게 받았던 사탕 5개를 홀라당 벗겨서 한입에 털어 넣었다.

딸기맛, 바닐라맛, 오렌지맛, 사과맛, 체리맛이 한입에서 엉켜돌아가니 마치… 똥 맛 같구나. -_-…

물론 내가 똥을 먹어본 건 아니다. -_-

사탕을 혀바닥으로 이리감고 저리감고… 이것들은 공기 중에 놔두면 서로 붙기도 잘하면서 왜 입속에선 따로 노는 걸까?? 한번에 다 붙어버리면 좋으련만… -_-…

새끼들 지들도… 경쟁심리란 게 있는지 서로 빨리 녹으려고 안붙는 게 분명하다.

칫… 역시 경쟁이란 게 없는 사회는 불가능하구나…. ┳0┳

나름대로… 깔끔명료한 해답을 내리고 났더니… 내가 참으로 뿌듯하기 그지없다. ^-^V…

Rrrrrrrrrrrrrrr

흠… ㅇ_ㅇ…

설마 놈이 정말로 학교 앞에서 날 기다린 건 아니겠지란… 어마어마한 생각이 들면서… 전화 받기가 두려워졌다.

"여보… 세… 여?"

"정확히 10분이 지났는데 니 꼬랑지도 안보이네??"

"=_=… 여기 마빈이네 집 아닙니다…."

"병신… 마빈이네 집이 아닌 건 어떻게 아는데??…"

"앗…. 〉_〈…"

"내가… 마지막으로 한 번의 기회를 더 줄게…. 이번에도 집구석에서 전화 받으면 내일 니 책상 싹 태워버릴꺼야."

그렇게 놈의 명령이 끝나고… 이번엔 정말이지 싶은 게… 마구 바지 속으로 허벅지를 끼워 넣게 만들고 있었다. +_+

허겁지겁…

학교까지 택시를 타고 가야하나? 아… 아까 오빠새끼가 돈을 다 들고 토꼈구나. -_-….

늦으면 지랄할텐데…. ┳0┳…

이리저리 고민을 하다가… 문득 대문 앞에 오래 전에 녹슬어 버린 자전거가 날 향해 반짝이는 것이 보였다.

한때는 저걸 타고 다니면 삼성카드 씨에푸도 들어오곤 했었는데. -_-^

광고 카피가 떠오른다.

제 직꿈 마빈이에요. 능력 있는 여자죠.

나 모라는 거니 -_-?

'따르릉~ 따르릉~'

가자!! 출발!!! 〉_〈 생각보다 쉽지 않은 페달새끼가… 내게 태클이 들어온다.

너 나중에 보자!! 우선은 봐주마!!

야밤에 자전거를 타고 달리는 기분도 꽤나 쏠쏠한 것이…+_+…
기분 째진다. ^0^…

35

^0^…^0^…야홋!!!

자전거야 달려라!! 달려!! 이 자식아 힘을 더 내!!!-_-

한참 미친 듯이 페달을 밟아대는데 갑자기 덜컹!!!-0-!!! 하는 것
이 발이 헛돈다.

체인이 빠졌나??___a

살짝쿵 자전거에서 뛰어내려와 나름대로 훑어봤더니 체인이 빠
진 게 아니고 짝둑 -_- 끊어져 있는 것이다…. ┳0┳…

약해 빠진 페달… 같으니라구. -_-^

이를 어쩐다…. ___a… 마음은 급한데 상황은 황이로구나….
어쩔 수 없이 어슬렁어슬렁 자전거놈을 끌고 학교까지 가기로 마음
을 먹었다!!-_-

혹 때려다 하나 더 붙어버렸구나. ┳0┳… 이 지랄엽기호러쌍
성격을 가진 놈이 벌써 내 책상을 태우고 있는 건 아니겠지??

다다다다… 걸음소리와 철컥철컥… 끊어진 체인이 박자를 맞
추니 환상의 오케스트라와 같은 음악이 탄생한다.

"야!! 너 어디가냐??"

"엥??… 누구세여??"

깜깜해서 도무지 누군지 보이지가 않는다. 깡패놈이면 절루 갓!!!!-0-!!! 돈도 없고 믿는 건 얼굴뿐인데… –_–…

순간 나도 참 영리한 것이 나름대로 못난 얼굴을 만들기에 연연하고 있었다.

그런다고 이쁜얼굴 어디 가는 건 아니지만… ㅜ_ㅜ 노력은 해야지….

"너… 머하냐? –_–… 나 택현이야…."

"아… 휴… 택현이구나. -0-… 하이!!"

"어디가냐구…?"

"어디가냐면… –_–… 날 저주하는 놈 만나러 가는 길이양. 그러는 너는 어디가니?? 이 야심한 시간에…."

"선배 만나러 가는거야…. 근데 그 고물 자전거는 뭐냐? –_– 신문배달도 하냐?? … 아~ 우유배달??"

"–_–… 고물 아니얏!!"

"존나 고물이네…. 너랑 어울린다야…. 와와!!! 이거 초등학교 때 나한테 있던 그거랑 똑같은 거야!! ^-^"

"–_–^… 비켜. 갈 길이 바쁘시다…."

"너 어디 가는데…?"

"학교. =_=…"

"… 학교??…"

"… 응… 암튼 나 늦었으니까 절루갓!!"

놈이 더 이상 나의 바쁘신 길을 막지 못하도록 체인이 끊어진 자전거를 끌고 열라 뛰었다.

헉… 헉… 〉_〈…

학교 앞에 도착을 하고… 놈이 어디 쯤에 있나… 이리저리 둘러보고 있으려니

"… 참… 일찍 오네…."

"〉_〈 미얀미얀… 자전거 체인이 갑자기 뚝…… 끊어지는 바람에…ㅜ0ㅜ…."

"허벅지가 그따구로 생겨먹으니까 끊어지지 그게 배기냐?? 하여간 존나 주제파악 안 된다니까…."

"-_-… 암튼… 빨리 줘."

"몰??"

"90가지 이유 더 생각났다면서…. 썩 내키진 않지만 나도 이참에 주제파악 확실히 해야겠다. -_-"

"…-_-… 그딴 거 없어. 내가 너처럼 할일이 없냐?? 그딴 거 쓰고 있게??"

"-_-… 모야모야!! 그럼 왜 오란거야!!!"

"심심해서-_-…."

"우씽!!!!-_-!!!!"

놈은… 내 말을 듣는 건지 마는 건지 연신 칭얼대는 날 두곤 담벼락을 홀쩍 뛰어넘고는 학교 안으로 넘어갔다.

138

"머야머야 나도 교문 열어줘열어줘. 〉_〈 들어갈래!!!-0-!"

'철컥'

오잉?? 그새 열었니??

"하여간…-_-…"

"헤헤~ 근데… 학교는 왜 들어가??-_-… 이순신 장군이 살아날 지도 몰라…. ┬0┬…"

"다시 닫는다…."

"아냐아냐아냐!!!-0-!!!기다렷!!"

살살 문을 닫아버리고 있는 놈에게 미친 듯이 뛰어들어 골인에 성공했다…. -_-V

조용히 넘의 뒤를 살금살금… 따라갔더니… 교단 앞쪽이 밝아온 다….+_+…

… 뭐지??……

가까이 갈수록… 너무나… 신기한 게 불빛이 더욱 밝아지고… 커다란 생크림 케익에 초 17개가… 가지런히 꽂혀있다.

오늘… 내 생일 아닌데…. -0-…

그럼… 니넘 오늘 생일인게냐??…

아니지??… 초가 17개 인걸???-_-a…

난 18살이잖아. -_-;

36

반짝… 반짝… 반짝이며 지 한 몸 다해 태워지고 있는 촛불 … 그리고 주먹만치 큰 과일들이 덕지덕지 붙어있는 상큼쟁이 생크림 케익…. >_<

"짝꿍아… 저거 머야??"

"케익."

"케익인 건 나도 안단말이지!!!-0-!!!!"

"초 꽂혀있는 케익. -_-"

"-_-… 근데 오늘 누구 생일이야??"

"어."

"누구? 누구 생일인데?? 더 오기로 한 사람 있어??"

"아니…."

"… -_-a … 머야…."

"내 동생 생일이다…!! 너 빨리 축하공연 해!!!"

"… 동생??… 근데 왜 우리 둘이 이러고 축하를 해. -_- 이거 들고 집으로 가야하는 거 아니니??"

"… 조용히 하고… 축하나 해라…. 노래 시작!!!!!"

'생일… 축하… 합니다….
… 생일… 축하… 합니다….
… 사랑하는 내 동생… 생일 축하합니다…♩♪'

혼자 작고도 낮은 음으로 축하 노래를 불러대는 놈을… 벙쪄서 바라봤다.

…모야…. - -….

축하 분위기가 뭐 이래. - - 그리고 생일 주인공은 왜 코빼기도 안보이고 우리 둘이 이러고 있는거야. - -^…

"야!! 너 왜 노래 안 해!!! 내가 너 괜히 부른주 아냐?? 존나 깝죽 대고 축하 잘 해줄 거 같아서 불렀더니… 너 케익에서 눈 안 떼??"

"- -…."

"…후…."

당장이라도 케익을 맛나게 바라보고 있는 내 눈을 뽑아낼 것처럼 지랄을 해대더니 놈은 또 곰새 얼굴표정을 바꾸곤 담배를 입에 물며 한숨을 내쉰다.

가끔 어울리지도 않는 저런 알 수 없는 표정을 할 때면 난 놈 앞에 너무나 작게 쫄아서 =_=… 아무 말도 할 수가 없어진다.

'지지직…'

바람이 살살 불어서 그런지 담배가 잘도 타들어간다. 요상한 침묵 속에서 작은 불빛을 등지고 앉아 있는 넘의 얼굴 옆선 라인이 어렴풋이 보이고… 홋… 역시 조명발이란 게 무서운 건지 몸의 날씬하게 잘빠진 콧날과 슬퍼 보이지만 커다란 눈망울이 멋져 보인다…. - -….

"뭘 그렇게 재수 없게 째려."

"…+_+… 째린 거 아니야!!"

"그럼 몬데?? 상판 돌려."

– _ –… 나의 곱디고운 얼굴을 상판이라고 표현하는 놈이 원망스럽지만… 바로 돌려버렸다…. – _ –^…

"…야…."

"네. – _ –"

"너… 택현이 새끼 좋아하냐??"

이건 또 무슨 소리야. – _ –…

택현이는 우리 엄마가 러브러브 하지. 〉_〈 바보!!바보!!

"택현이 그 새끼… 내 동생이…."

"…ㅇ_ㅇ…."

"내 동생이 사랑… 사랑했어…."

"…– _ –a"

"그러니까… 존말로 할 때… 옆에서 알짱대지 마…."

– _ –… 자꾸 모라고 그러는거야!!!–0–!!! 엉뚱한 말로 내게 떠들고 있는 놈에게 뭐라고 한마디 쏴주고 싶었지만… 말이 목구녕에 걸려 나오질 않는다.

…어쩐지….

울컥… 나도 모르게 서러운 것이 눈물이 핑… 돈다.

"그 말 하려고 부른거야??"

"…어."

"…알았어…. 알았으니까 걱정하지마. ^–^ 니가 그렇게 염려하는 일 절대 일어나지 않게 할게. 동생한테 축하한다고 전해죠!!! 나

간다!!!"

이유는 모르겠지만 울컥한 나의 눈물을 보이고 싶지는 않았다.

밖에 파킹되어져있던 −_− 자전거를 끌고 미친 듯이 뛰어 학교 밖으로 빠져 나왔다.

37

터벅터벅…

썩어빠진 −_−고물 자전거를 끌고 동네어귀에 들어설 때쯤…

"밤 늦게 고따구로 싸돌아다니지…!"

라는 익숙한 목소리가 들려왔다. 또 누구야. −_− 오늘밤에는 참 만나는 사람도 많구나. −0−…

"어쭈?? 씹어?? 일로와일로와일로와."

누군가 가만히 들어다봤더니 오빠새끼가 −_−… 옆에 언놈하나 를 달고 재수 없는 손짓을 하며 다가온다.

"…멀!! 내 발 가지고 내가 다니는데 왜 또 지랄이야!!!"

"지랄?? 지랄?? 말 참 이쁘게 하는구나. −0− 더 이쁘게 하도록 입을 한번 찢어보자꾸나."

"−_−…"

오빠놈이 다가오고 뒤에 달려있던 놈도 어슬렁어슬렁 오빠를 따 라 다가오고_

헉−_−…

143

"정택현?"

"…너… 맞냐?? 긴가민가 했는데….'

"어 -_-나 맞어."

택현이 놈이 아까 만나러 간다던 선배가 우리 오빠였나?? -_-
a… 선배?? 쳇! 선배?? 개나주라지. -0-

하긴 우리 오빠새끼도 지금 내가 다니고 있는 이 학교를 졸업했
고 내가 1학년 때 넘이 3학년이었으니 이놈을 알 수도 있겠구나.

"형… 얘가 형 동생이에요??"

"인정하긴 싫지만 -_-아마 동생일꺼다."

"하… 정말이요?? 그럼… 마빈이 어머님도 형의 어머니??"

"이복동생은 아니니 그렇겠지? -_-"

"이야… 잼 있네….'

"-_-… 근데 넌 저 물건 어떻게 아냐?"

"같은 반이에요. ^^"

둘은… 옆에 있는 나를 투명인간으로 취급해버리곤 지들끼리 내
얘기를 하고 있었다. -_-…

"오빠는 여기서 머해? -_- 집에 안가?"

"갈때되면 가니까 상관 말고 얼른 가라!! 근데 그 자전거는 모
냐?"

"이거?? 이 자전거 오빠꺼잖아. -_-"

"-_- 내꺼?? 이게 스타일 구기게 어디서 이딴 걸 끌고 나와서
내꺼라고 모함이야…!!"

"-_-"

병신… 한때는 저거 타고 여의도 가서 여자 후렸다고 자랑도 했었으면서 멍청이!!-_-… 후배 앞이라고 쪽 팔린 줄은 아나보다.

"오빠야 집에 가자. -0-"

"너 먼저 가!! 나 택현이랑 소주한잔 먹고 들어갈게."

"… 술??…"

"어."

"… 나두… 가면 안될까?? 나두… 술 먹고 싶은데…."

"까불지 말고 들어가…."

"그럼 구경만할게. -_-… 델구가!!!-0-!!!"

난 잽싸게 고물 자전거를 골목 구석에 있는 전봇대에 주차 -_-

시키곤 오빠새끼의 티셔츠를 잡고 늘어졌다.

"… 아~ 씨… 꺼져."

"오빠… ㅜ0ㅜ… 델구가죠…."

"미성년자는 안돼."

"택현이도 미성년자야!!!-0-!!!"

"쟨 남자라 괜찮아."

"그… 그런 게 어딨어!!!-0-!!!"

"여기!"

"-_-^ 그… 그럼 구경만 할게…. 심심해서 그래. ㅜ0ㅜ 집에가도 할일 없단 말이야. 델구가… 응??"

"어렸을 때도 콧물 질질 흘리면서 따라다닌 거 생각만 하면 존나 치가 떨리는데… 또 시작이네…. -_-"

　오빠란 새끼가 더럽고 치사하기 그지없었지만… 아까 짝꿍놈의 의미심장했던 협박 때문인지… 살짝 술이란 음료가 먹고 싶었고 비굴하게 얼굴 만들기에 열심이었다.

　"… 후… 존나 술맛 떨어지겠지만… 인생이 불쌍해서 데려가는 거야."

　"^0^… 응응."

　술맛 떨어진다는데 뭐가 좋다고 응응 거리는건지 -_-… 대답을 하고 나니 울컥 싶은 게… -_- 오빠새끼에게 다가가_

　"좀 빨리가자. ^-^"

　라고 말했다. -_-;

　제일 먼저 앞장서는 나. -_-V

38

　"어서오세여~."

　술집문이 쩍 열리고… 댓명의 종업원이 뛰어나와 반갑게 맞아준다.

　-_- 이런 대접 내겐 정말 익숙치 않은 사치일 뿐이다. 필요 없으니 술이나 내오라!!!-0-!!!

　"저기… 죄송한데 신분증 좀 볼 수 있을까요??"

　앗… +_+…

146

내가 아둥바둥… 어떻게?? 라는 눈빛을 택현놈에게 보내고 있으려니_

"여자분만 보여주세요. ^-^"

한다. -_-… 썩을…

이대로 술맛도 못보고… 집으로 컴백해야 하는 거야??

안돼…. ㅜ0ㅜ… 안돼!! 그럴 순 없어…. ㅜ0ㅜ…

"우리 누나예요…. 잘 보세요. 버즘 여기저기 핀 게 나이 먹은 거 자세히 보면 티나요!!"

-_- 바로 날 집으로 보낼 줄 알았던 오빠새끼가 이뿌장한 여자 종업원에게 어이없는 말을 꺼냈고 그 이뿌장한 종업원은 그 말도 안 되는 망언을 바로 믿어준다…. -_-^…

썩… 기분은 상했지만 그래도 술맛도 못보고 집으로 가야하는 상황을 면한 나는 참~ 얼굴을 뻔뻔히 당당하게 들곤 제일 큰 테이블에 앞에 앉아버렸다.

"셋트 메뉴 하나 하고 소주 2병 주세요."

이 술집 생긴 거로는 양주만 상대하게 생겼는데 참 소박한 메뉴를 상대하는 걸 보니 뭣도 아닌 그런 술집이다…. -_- 괜히 쫄았잖어!!-0-!!

택현 놈과 내가 나란히 한 쇼파에 앉고 재수 없게 처다도 보기 싫은 오빠새끼는 내 앞에 앉아있다. 어우쏠려어우 술맛 땡겨. >_<

"… 너 아까 학교 왜 갔었어?"

택현놈이 잊었던 아까 일을 생각나버리게 -_- 묻는다.

"… 아~ 누구 만나러…."

"… 혹시 현석이 만났어?"

"… 어! +_+… 너 어떻게 알아??"

"훗… 그럴꺼 같았어…."

"……."

"야!!! 너… 현석이도 아냐??"

"–_–… 그러는 오빠는 어떻게 아는데??"

"내 사랑스런 후배시다 왜!!"

"아~ 그 사랑스런 후배 내 짝꿍이야. –_–"

"… 현석이 새끼 학교 갈 맛 안 나겠네."

"–_–… 무슨 뜻이야??"

"… 진짜 몰라? 가서 거울 봐라."

"우씨!!!"

"와와와!! 너 박명수 같다야!! 한번 더 해봐!! ^0^"

"–_–ㅗ"

곧이어 술이 나오고 찰랑찰랑 이쁘게 소주잔에 채워졌다.

오빠 놈은 진정 사랑스런 눈빛으로 택현눔에게만 짠을 하고 내
게는 꺼지라는 눈빛으로 거만하게 리모콘 –_– 짠을 해준다.

우오오오우 재섭써…. –_–^

'랑기미랑기미~'

오빠새끼의 전화벨소리는 왜 '짤랑짤랑~' 이 노래도 '링기미' 로 들릴까. -_-…

"엄마!!!-0-!!! 아들래미 왔다는데 왜 이제 전화해. ㅜ0ㅜ… 어어어나도 보고싶었지. -_-… 지금… 후배놈이랑 술 마셔. 어어… 마빈이?? 나도 모르지 어디 갔는지. 들어오면 죽여!! 지금이 몇 신데 아직도 안 들어왔어?? 디지게 맞아야 정신차리지. 응… ㅜ0ㅜ… 일찍 들어갈게~."

-_-…

지 옆에 있는 동생 저딴 식으로 고해서 혼나는 꼴을 봐야 시원한 건지 참~ 진정… 참말… 너무나 재수 없는 놈이다…. ㅜ0ㅜ…

전화를 딱 끊고는 사악하게 입꼬리를 씰룩 올리고는 술 처먹기를 이어간다.

149

39

한 잔이 두 잔이 되고 두 잔이 세 잔이 되고 _

이제는 내가 술을 먹는 게 아니고 술이 술을 먹는 그런 상황이다.

"야… 송마빈… 슬슬 꼬라지가 취한 거 같은데 고만 먹지??"

"^-^ 정말?? 내가 취했다고?? ^-^ 어우… 정말?? >_< 말도 안돼 ~~오빠 말도 안돼. ~~딸꾹… 딸꾹질이 나네…. 헤헤~딸꾹."

"-_-…."

"머야머야 그 표정 나한테 그런 표정 하지마!! >_< 내가 누구?? 헤헤~ 난… 난 송마빈!! ^-^!!! 오빠의 사랑스런 하나뿐인 여동생. >_<

"고만 먹고 집으로 꺼져라. 나 택현이란 할 말 있으니까 그만 가."

"지금?? 지금 1시야. ㅜㅇㅜ… 혼자 가기 무서워…. ㅠㅇㅠ… 딸꾹 못가못가못가. >_< 배째!!"

"일루와 배 다 찢어놓게."

"…어우 >_<… 무서워라~~ 나 그럼 잘게. 오빠야 택현이랑 얘기해 치치치치…."

그렇게 말하고 꼬꾸라져 의자에서 잠이 들었다.

……

그렁…그렁…푸…=_=…

……

"… 오늘 현수 생일이었지??"

"…네…."

"현석이랑은… 여전히 사이 안 좋니?"

"… 후… 그렇죠 뭐…."

"그자식 뭔가 오해를 하고 있는 거 같은데… 한번 만나야겠다."

"아뇨 형…. 현수 얘기 안 하셨으면 좋겠어요. 다시 얘기 꺼내서 그때로 다시 돌아가고 싶지는 않아요. 마음속에 접어둔 거… 다시 펼쳐서 아프고 싶지 않아요."

··· =_=···

뭐야···. 어렴풋이 둘의 대화가 들려온다.

뭐가 이렇게 복잡해. -_-··· 내가 이해하기 쉽게 좀 풀어서 말하지. -_-

"송마빈··· 눈 씰룩거리는 거 다 봤어. 일어났으면 눈 뜨지??"

-_-··· 존나 냉철하고 예리하긴··· 바로 눈뜨기가 민망해 괜히 비비적비비적거리며··· 슬쩍 일어났다. ~_〈

"··· 아씨 술맛 떨어져. 택현아!! 가자···."

오빠 놈은 날 참 민망하게 테이블에 혼자만 남겨놓고 택현이를 끌고 밖으로 나가버렸다. -_-개늠.

한바탕 자고 일어나서인지··· 골이 띵하고 입에서 단내가 나는 것이 기분 재섭다. -_-···

"얌마··· 오늘 마빈이 땜에 술맛 조졌다. -_- 다음에 다시 먹자···."

"네 ^-^형···. 조심해서 가세요···. 마빈이도 잘가고···. ^-^"

"어··· -_- 안녕!!"

정택현 저놈도 나한테 살짝 재섭게 굴었던 거 같은데 오빠 앞이라 그런지··· 젠틀맨 인냥 행동하는 것이 참 거슬린다. -_-

어쨌든 택현이가 가버리고 어색하게도 오빠새끼와 나만 남았다.

"야··· 가서 자전거 찾아와."

"-_-그 꼬물 그냥 버릴래."

"뒤질래?? 그거 내가 얼마나 아끼는 건데!! 안 찾아와?? 빨리 찾아와!"

"모야모야… 아까는 자기 껀지도 몰랐으면서…. -_-^"

"모르긴 왜 몰라!! 그걸로 내 첫사랑 만났는데 존나 소중한 거야 빨리 찾아왓!!!"

우씨~

가만… 아까 어디다 주차를 시켜 놨드라? -_-a

기억을 더듬어 아까 주차시켰던 전봇대를 찾았다. +_+… 어랏?? 근데 자전거는 어디 간 거야. 분명 여기가 맞는데….

10분 가량 주변을 미친 듯이 훑어봤지만 자전거는 보이지 않았다.

"오빠… 없어졌나봐…. ㅜ0ㅜ…"

"이런… 씨…."

"미안미안…. ㅠ0ㅠ…"

"너 오늘… 진짜 디져봐…."

"악~~~~ 악~~~~ 사람 살려.)_(~~~~"

톰과 제리 마냥 놈에게 잡힐세라 미친 듯이 뛰며 집으로 도망을 간다.

40

"야… 학교 안 가냐??"

"어웅 =_=… 졸려…."

"존나 밥맛 떨어지게 자빠져 자네. –_–"

"모야모야 =_=절루 가…."

"8시야. –_–…"

"ㅇ_ㅇ… 앗!!… 왜 이제 깨워!!"

"원래 이 시간에 가는 거 아니냐?? –_–^ 난 늘 이 시간에 갔는데…."

"우씨… ㅜOㅜ… 비켜!!!"

일부러 이 시간에 깨웠음이 분명한… 오빠새끼를 밀치고 화장실로 달려갔다.

…^–^… 역시 화장실 조명발이 최고란 말이지. 방금 일어나서 부시시한대도 화장실 거울에 비치는 내 모습은 어딜 내놔도 빠지지 않을 수려한 외모로 반짝이고 있었다. +_+…

안 해도 이렇게 이쁜데 굳이 세수를 해줘야 하나?? –_–a…

참… 어려운 의문에 파묻혀 한참을 고민하다 최소한의 예의는 지켜야겠기에 손가락에 물을 묻혀 눈 주위와 입 주위만 피부상하지 않도록 살살 만져줬다. –_–^…

"엄마는 어디 갔어??"

"몰라. 아침 일찍 선글라스 끼고 나가던데??"

"–_–… 수영도 이제 질렸나?? 참 돈이나 갚어. 나 차비도 없어."

"… 나도 없는데 어쩔까나??"

"재수 없어!! 갚어갚어!!"

"내가 가진거라곤 이거 뿐이다. 가져. –_–ㅗㅗ"

"이 씽…."

아침부터 재수 없는 새끼랑 말놀이를 하고 있으려니 -_- 하루가 꼬일 것 같아 교복만 대충 입고 밖으로 나왔다.

아직 봄인데 햇빛은 여름처럼 내리 쬔다. 아… 불쌍한 송마빈… ㅜ_ㅜ… 차비도 없어서 지각한 시각에도 걸어서 가는구나.

터덜… 터덜… 터덜…

'빵!!! 빵!!!!!'

-_-… 뭐야. 왜 아침부터 빵빵대고 지랄이야.

나를 향해 무섭게 쏴대는 빵빵이 새끼를 휙 나름대로 째려봐 줬다.

어랏??

"마빈아~~~~타~~~"

=_=… 희주다….

희주논… 그렇게 안봤는데 집 꽤나 사나부다. -_-^…

차가 삐까뻔쩍한 것이 파리가 앉았다가도 스르륵 미끄러지게 꼬롬 반짝 윤기가 난다. -_- 저렇게 나오면 내가 또 거리감 느끼지. >_<

"어어… 희주야!!!!!-0-!!!!"

"또 지각이야??"

"어머애 >_< 누가 들으면 내가 뭐 맨날 지각하는 앤 줄 알겠다 호호."

"맞잖아. -_-"

154

다행히 차비도 없는 불쌍한 중생 -_- 희주 덕에 교문에 걸린 몸을 빼며 지각 면했다. ^o^V

…교실로 들어서는데 어쩐지 어제 일 때문에 썩 내키지가 않는다. 짝꿍놈은 이미 와서 엎드려 퍼자고 있었고 택현이 놈은 날 보더니 재섭게 웃으며 아는 척을 해댄다.

"하이 마빈쓰~"

"하이. -_-"

"…야 … 너 남대문 열렸어. -_-"

"헉-//-…(0_)…"

…너무 놀래서… 밑을 내려다 봤더니 교복치마엔 남대문이 없다. -_-…

155

"바보… 후후후후."

"-_-…."

초등학생도 안 하는 유치한 장난질을 해대는 놈을 등지고 자리에 앉아 가방을 풀었다.

… 킁… 킁…

어제 먹은 술 냄새가 아직도 안 가셨는지… 영… 알콜 냄새가 코를 찌른다.

킁… 킁… 킁…

가만… =_=… 나한테 나는 냄새가 아니잖아. -0-

짝꿍놈 쪽으로 코를 가까이 대고 연신 킁킁 확인해 본 결과 놈에게 나는 것이 정확히 판명됐다.

얼마나 퍼마셨으면 아침까지 이렇게 냄새가 나…. －_－…

"… 야… 일어나 봐…."

"만지지마."

"…괜찮냐?? 냄새가 심한데…. －_－"

"신경 끄고 니 할 일해."

"어??… 어… 내 할 일 할라구? －_－…"

괜히 말 걸었다가 쪽만 당하는구나. ㅜㅇㅜ

뭘할까 고민하다가 간만에… 이 시대 최고의 콤비 '우선순위 영단어' 군과 '정석' 양을 꺼내 미팅을 시켜줬다…. －_－…

156   41

신경 끄려고… 책만 뚫어져라 바라보지만… 옆에서 살살 술 냄새를 풍기며 끙끙대는 놈을 외면하기가 힘들다.

자는 건지 아파서 끙끙대는 건지… －_－ 술 먹고 주정을 하는 건지 도통 알 수가 없구나!!!-0-!

"… 짝… 아~ 괜찮은 거야?"

"……."

"야… 짝꿍아… 아유 오케이??"

"……."

심히… 가슴 한구석이 두근두근 거리는 것이… 불안해 오기 시작한다.

"야야~ 일어나 봐 괜찮아??"

"… 조용해… 괜찮어…."

살짝 일어나려고 힘들게… 고개를 드는 녀석의 얼굴을 보곤 깜딱+_+ 놀래버렸다.

너무나 빨간 게 =_=… 첨엔 얼굴에서 피가 나는 주 알았다. -_-

열이 나는지 완전 케챱이네. =_=…

"… 병원… 가야 할거 같은데…."

"…안가도 돼…."

"… 야… 야… 가야 돼…."

"…시끄럽게 굴지 좀 마…."

놈은 나의 조래방정 -_- 이 썩 맘에 안 드는 눈치지만 이건 나의

오바가 아니다.

놈의 얼굴은 좀 심각하게… 열로 끓고 있었다.

"선생님!! 짝이 많이 아픈데여…."

"…누가??…"

"얘요…. -_-↘"

"어디가 아픈데??"

"얼굴이 빨개요…. =_=…"

"양호실 갈꺼니??"

"아뇨아뇨 병원가야 할거 같아요. >_<"

"그래 그럼 튼튼해 보이는 니가 데리고 갔다 오렴."

-_-ˆ…

수업을 땡깔 수 있는 좋은 기회라 기쁘지만서도 튼튼해 보이는 내가라는 말을 듣고 살짝 빈정이 상한다. – –

"…가자 병원."

"아~ 씹 존나 쪽팔리게…."

"쪽은 나중에 팔리고 우선 병원부터 가야할거 같애. = _ =…"

"나 혼자 갈테니까… 넌 있어."

그렇게 말하고 짝꿍놈은 뚜벅뚜벅 뒷문을 열고 멀쩡히 걸어나갔다. 아프다고 그렇게 요란스럽게 선생에게 말했는데 내가 참 뻥쟁이가 되는 순간이었다. – –

놈이 나간 후… 엎드려 있던… 책상을… 멍하니 바라보다… = _ =

책상 위에 이쁘게도 펼쳐져 있는 액체 웅덩이를 발견했다.

모야새끼…. – –…

침 흘리고 잔 거야??

존나… 깨네…. – –^…

휴지를 꺼내 살짝 끝을 잡고 벅벅 닦아내다 문득 이건 침이 아니고 눈물일 수도 있겠다라는 생각이 머리를 스치고 지나간다.

……

모야… 모가 그렇게 슬픈 거야….

……

책상을 멍하니 닦다가 나도 모르게 몸을 용수철처럼 튕기며 뒷문을 열고… 놈을 따라 뛰어나가기 시작했다.

42

헉… 헉…

아픈 놈이 빠르기도 하구나. -0-…

벌써 운동장을 반이나 건너고 있는 놈이 보였다.

"짝아!!짝꿍아. ┳O┳…"

"… 모야?"

"같이 가자. ^-^…"

"혼자 간다니까 -_-… 또 존나 수업 땡깔 수 있는 좋은 기회구나 했겠지. -_-"

"가끔은 사람의 진심도 봐줄 주 알아야 하는거야. =_="

"진심 좋아하네…. -_-… 들어가!!"

"=_=…"

나의 따라나옴이 몹시나 맘에 안 드는지 인상을 팍 쓰고는… 놈은 저벅저벅 앞서 나간다.

난… 놈의 1미터 뒤에서 -_- 쫄랑쫄랑 강아지 새끼 마냥 헐떡이며 따르고 있다.

……

빠르기도 하구나. -0-…

한참 정신 없이 따라가다 보니 언제부턴가 놈의 그림자가 길게 내 앞으로 드리워지고 난 그림자의 머리부분을 짓밟으며 -_-… 흥겨워하고 있었다. -_-^…

"… 잼 있냐??… 어쩐지 뒷골이 존나 땡긴다 했더니. –_–"

ㅇ_ㅇ…

놈의 머리 밟기 놀이에… 반 미친 듯이 흥미 –_– 를 느끼고 있을 찰나에 휙… 뒤돌아서는… 너무나 재수 없는 표정으로 놈은 날 응시한다. =_=…

"… 핫하하… 아니 잼 있기는–_–… 그냥…."

"… 나 병원 안가도 되니까 이제 가 봐라."

"… 안 가게??… 가야 할 거 같은데… 너 병원 가야해!!… 열 많이 나잖아…."

"괜찮으니까 신경 쓰이게 하지 말고 가."

"… 신경 안 쓰이게 할게. =_=… 병원 가자…. 가자가자가자 〉_〈"

"아… 씹… 신경 쓰여!!! 쓰이니까… 꺼져!!!…."

+_+… 깜딱이야. 왜 소리는 지르고 그러니…. ㅜ0ㅜ…

몸도 아픈데 나까지 짐덩이로 느껴졌는지 놈은 짜증 충전100% 를 뿜어댄다.

"… 미얀 알았어…. 가께… 근데… 병원 꼭 가 알았지??"

너무나 민망해선 뒤돌아 놈에게서 떨어져 나갔다.

=_=… 아… 초라하구나.

새끼… 걱정 돼서 따라와 줬더니 지랄 맞기도 하여라. ㅜ0ㅜ…

43

......

"… 씹… 어디 병원이 간호사가 제일 이뿌냐??"

ㅇ_ㅇ…

언제 다시 나타났는지 한참 기가 죽어 가는 내 옆으로 놈은 다시 나타나 어이없는 질문을 한다. -_-

"…어??…"

"-_- 어디 간호사가 제일 이뿌냐고…."

"그… 글쎄^-^a…."

"… 앞서서 인도해 봐.-_-"

"아… 알았어. ^^…"

내가 불쌍해 보여서 다시 왔는지 -_- 몸땡이가 병원을 안 가곤 못 배기겠는지 -_-… 이유야 어쨌든 놈은 착하게도 -_-… 병원을 가기로 맘먹었는지 날 앞세우고 따라온다.

놈의 앞에서 걷고 있자니 엉덩이며 종아리며 참 신경 쓰이는구나. -0-

혹시 니놈도 뒤에서 내 짧디 짧은 그림자를 밟고 있는 거니??

"간호사 안 이쁜 데로 데려가면… 넌 뒤져…."

-_-…

순간 놈의 마지막 멘트에서 우리 오빠새끼의 말투가 묻어져 나온걸 느끼곤 온몸에 소름이 돋아난다.

"짝꿍아…. ^-^…"

"……."

"우리 나란히 걸으면 안될까?? 내가 앞에서 걸으니까 뒷모습이 영 부끄럽다. -_-"

"나란히 걸으면 내가 존나 손해야…."

"… 웅???…"

"간혹… 존나 병신 같은 눈을 가진 사람들이 우릴 오해 할 수도 있거든…?? 그럼 내가 손해지… 안 그래??"

"…_-…치…."

그렇게 난 놈의 1미터 앞에서 제일로 가까운 병원까지 걸어갔다.

아무 데나 보이는 곳으로 우선 가자꾸나. -0-

병원 발견!!!-0-!!!!

"… 짝꿍아… 여기 간호사가 젤루 이뻐… 들어가자. ^-^"

"어… 앞장 서."

병원 카운터에서 놈은 뭔가를 말하고 진료를 받으러 들어갔다. 그리곤 주사를 맞기 전까지 잠깐 밖에서 기다리면서 놈은 어울리지 않게 -_- 옆에 앉아있던 귀여운 꼬마와 장난질도 해댄다.

"이현석씨~!"

"네…."

"주사실로 들어가세요."

"네."

꽤 빠르게 주사를 맞고 나오며 놈은 내게 죽일 듯이 달려들었다.

"…너 죽었어…."

"…왜왜… ⟩_⟨… 아팠어??

그건 내 잘못이 아니지…. ┳0┳… 간호사가 아프게 논 걸 왜 나
한테 그래…. ┳0┳…"

"… 씹… 아우… 간호사가 남자야…. ㅡ_ㅡ…"

"헛…헛……. =_=…"

결코 의도한 건 아니지만서도 놈에게 팬시리… 미안해진다.

┳0┳…

그치만 은근히 고소하기도 한걸. ┳0┳

44

재수도 드럽게 없지…. ┳0┳… 그 많은 병원의 수많은 간호사
중에 하필 보기 드문 남자간호사가 있을게 모야. ┳0┳…

내가 본 남자 간호사라곤 순풍산부인과에 표 간호사가 전부였는
데…. ㅋㅋ

미안함 반… 고소함 반…. ┳0┳…

놈을 피해 살살 병원을 빠져나와 다시 학교로 돌아갈까?? 집으
로 갈까?? 고민에 빠져있었다.

"… 내가 오늘 컨디션만 좋았어도 너 죽였을꺼야. ㅡㅡ"

"… 짝꿍아, 미안해…. ┳0┳… 저번엔 분명… 이쁜 여자 간호사
였어…. 미안미안… 나 갈게. ^-^… 몸조리 잘해… 안뇽~."

한대 맞기 전에 뽀로로 달려가고 있는데 뒷덜미가 싸~~ 한 것이 -_-… 어느새 내 미친 달리기 실력을 따라잡은 놈이 바짝 다가와 서있다.

"… 미안하다구 했잖어…. ┰0┰… 보내죠보내죠…. ┰0┰…"

"-_-^… 배 안 고프냐??"

"┰0┰… 배야 늘상 고푸지…."

"… 밥 먹고 약 먹으라는데… 썩 내키진 않지만 -_-정 원하면 같이 가주마. -_-…"

"…^0^아 그래?? 그럼 밥 먹자먹자!!… 근데 나 돈 20원 있다. =_=…"

"… 거지새끼…."

-_-^… 거지새끼… ┰0┰… 거지새끼…. ┰0┰…

뇌리에서 그 충격적인 말이 사라지지 않지만 어쨌든 배는 고프니 -_-… 조용히 넘을 따라갔다.

놈은 한참 걷다가 내가 따라오고 있는지 한번 확인을 한 후 알콩달콩 아기자기한 간판이 달린 레스또랑 -_- 안으로 들어가 버렸다.

'딸랑'

문 열리는 소리도 참… 아담하다. =_=…

"형… 나 왔어…."

=_=… 아는 사람이 하는 곳 인가???

놈은… 참 터푸하게 생겨먹은 아찌에게 인사를 대충하곤 구석진 테이블에 가서 자리를 잡았다.

"… 현석이… 왜 이렇게 오랫만이냐…. 얼굴 까먹겠다. ^^"

"응… 형 잘 있었어??"

"그럼 임마. ^-^… 근데… 누구야??"

아마도 날 가리키고 물어보는 거 같은데…. =_=…

난… 송마빈이란 이뿌장한 소녀요. -_-^…

"내 꼬봉이야…."

-_-… 꼬봉…??

우라질…. =_=

"하하… 안녕하세요. ^-^ 현석이 친군가 봐요. ^^"

"… 네… 안녕하세여. ^^;;;"

놈은 내게 뭘 먹을꺼냐고 묻지도 않은 채 지 멋대로, 지 꼴리는 대로 -_-… 영어로 된 음식 2개를 시켰다.

하나는 특히 양을 많이 해달랬는데 그걸… 날 줄지… 지가 먹을지 의문이다.

제발… ┬O┬… 내게 줬으면 한다. -_-^

……

……

잠시 후…

커다란 접시에 손바닥만한 고기 한덩이와 쓰잘데기없이 공간차지만 하는 채소새끼들이 서로의 자태를 뽐내며 살포시 놓여져 있는 음식 2개가 나왔다.

둘 중에 한 개가 분명 고기의 사이즈지름이 약 3cm가 더 커보이는 것이 탐나게 보인다.

"나나… 그거 먹을래 큰 거. ^-^"

"-_-디비 먹어라."

"=_=…."

욕은 먹었지만 어쨌든 큰 것이 내 앞으로 놓이고는 마음이 풀리는 것이 식욕이 당겨진다. -_-

"… 맛있겠다. ^0^ 잘 먹을게…. 헤헤."

"고개 돌리고 먹어. -_-"

"모야모야〉_〈… 먹을 땐 개도 안 건드리는데…. 〉_〈"

"… 개만도…."

"모??"

"됐다먹자…. -_-"

놈이 무슨 말을 하려고 했는지 알았지만… 난 큰마음 -_- 의 소유자인지라 굳이 신경 안 쓰려고 노력하고 열심히 고기 덩어리들을 입으로 넣어줬다.

'달랑~'

또 한번의 아기자기한 벨소리를 울리며 문이 열리고는 _

"오빠… 나 왔어!!~"

하며 저번에 현석이를 찾아왔던 인형 같은 아이가 밝게 웃으며 들어왔다.

-_-^… 다시 봐도 참 이뿌구나.

인형 같은 아이는 터프 아찌에게 달려가 뭐라고 얘기를 하더니 현석이가 왔다는 소리를 들었는지 우리쪽 테이블로 걸어왔다.

"… 현석이… 오빠… 왔어??"

"…어."

밝게 웃으며 짝꿍놈에게 인형은 인사를 했고 현석이는 보지도 않은 채 … '어' 라는 짧은 대답을 한다.

이 상황… 참 민망하구나…. = _ =…

인형도 민망했는지 잠시 머뭇하고는 내게 인사를 건넸다.

"안녕하세요."

"… 응… 안녕. ^-^… 또 보네…. 호호."

"네… 식사 중이신데… 맛있게 드세요…. ^^"

"응응… 맛있게 먹고 있었어. ^-^… 넌 안 먹니?? 같이 먹자. ^^"

"저 먹고 왔어요. 드세요…."

… @_@… 한순간에… 참 어색한 기류가 맴돈다.

"짝꿍아…. – _ –…."

"암말도 하지말고 밥이나 먹어."

"… – _–^ … 응…."

놈의 말대로 난 암말도 없이 고기 먹기에만 열중을 한다.

너무 열중한 탓일까?? – – 짝꿍놈은 아직 반도 안 먹은걸… 난 다 먹고 채소 새끼의 영역까지 침범을 하고 있었다.

… 빨리 먹는다는 건… 반찬이 모자란 학교 점심시간엔 참으로 유리하지만 이럴 땐 별로 유익한 거 같지 않다. = _ =…

"… 존나 빨리 먹네. -_-…"

그 말만 하고는 놈은 지가 먹던 고기 반쪽을 내 접시에 던져버렸다.

… 너무 고마웠지만 =_=… 나도 교양이란 걸 아는 아인지라 -_-

"… 나 배불러…. 너 먹어…."

라고 예의바른 멘트를 날렸다. ^o^V

"소화 안돼…. 너나 먹어."

이 야들야들한 고기가 왜 소화가 안될까?? -_-a 혹시,, 나랑 먹어서 그런 거니?? =_=

심히 의심스럽지만… 난… 큰마음의 소유자인지라 -_-… 넘어가기로 했다.

깨끗히 접시를 비우니 살살 아랫배가 아파 오고 =_=… 화장실이 날 불러댄다.

커먼 마빈 커먼 마빈. -_-

화장실에서 한참 일을 본 후 자리로 돌아가는데 어느새 내 자리엔 인형이 앉아있었다. 멀리서 봐도 상황을 알 수가 있다.

인형은 열심히 뭐라 말하고 있었고 짝꿍놈은 고개를 숙인 채 듣는 둥 마는 둥 테이블만 열라 긁어대고 있었다.

저런 싸가지. -0-…

지가 좀 생겼기로서니 -_- 팬 관리를 저따구로 해??

그나저나 이거 참 곤란하구나. -0-… 자리로 돌아갈 수도 없고 화장실로 돌아가기엔… 내가 남기고 온… 냄새새끼가 고역스럽

고…. -_-

　이리저리 방황하고 있는 날 봤는지 짝꿍놈은 손가락을 까딱까딱
하며 오라고 손짓을 해댄다.

　참… 재수 없는 제스츄어구나. -0-

45

　재수 없는 놈의 손가락질에 맞춰 쫄랑쫄랑 테이블로 가까이 다
가갔다.

　인형은 날 멍하니 보고 있고 자리에서 일어나지 않는 인형의 행
동에 짝꿍놈도 쪼매 당황했는지 어쩔 수 없는 상황에 -_- 지 옆에
앉으라는 신호를 보낸다.

　나보고… 어쩌란 거니. =_=…

　어쩌긴 -_-… 남은 고기는 먹어야지. -_-

　삐쭘삐쭘 짝꿍놈의 옆으로 살짝 다가가 앉았다.

　"가 봐…."

　"오빠… 나 아직… 얘기 다 안 끝났는데…."

　"들을 얘기 없어. 가…."

　"… 오빠…."

　"… 부탁이니까… 가라…."

　그렇게 안 보이는데 -_-^ 인형도 어지간히 고집을 자랑해대는
성격인지 꿈쩍없이 자리를 지키고 앉아서 내게 눈치를 살살 준다.

나보고… 어쩌란 거야…. ┳О┳…

그때…

'딸랑~'

또 한번 레스또랑의 문이 열리고는 택현이와 오빠가 함께 들어왔다. 참 기막힌 타이밍에 기막힌 멤버들이 다 모였구나. -О-…

"… 아… 씹… 골고루 짜증나네…."

하며 짝꿍놈도 택현이와 우리 오빠를 봤는지 작게 입을 열곤 자리에서 벌떡 일어났다.

"… 이현석…."

우리 오빠가 일어나는 현석이를 보고는 불러댄다.

"… 수빈이형 오랫만이예요…."

=_=… 수빈이형??

아~ 우리 오빠새끼 이름이 수빈이었지. -_-^…

"가려구?"

"네… 일이 좀 생겨서여 나중에 전화 드릴게요…."

오빠 니눔은… 아는 사람도 많구나. -О-… 요새 등장을 좀 자주 하는 게 몹시 맘에 안 들지만 -_-^ 어쨌든 오빠 니눔은 나의 궁금증 해결에 큰 도움이 되겠으니 우선 보류해 주게. -О-…

"송마빈… 넌 여기 왜 있어."

"밥 먹었지. -_-"

"어딜 가도 굶어 죽진 않겠구나…."

"-_-"

짝꿍놈이 밖으로 나가버리고 따라가야 하나 이 자리를 지켜야
하나… 나름대로 심각하게 고민을 해대는데 재섭게 오빠새끼가 자
꾸 테클이다.

… 한참 오빠새끼와 야리기 −＿− 내기를 하다가… 마음 한구석이
짠… 한 게 밖으로 튀어나간 짝꿍놈이 자꾸만 걸린다.

"… 오빠 나 갈게. 이따 집에서 봐…."

안되겠다 싶어 오빠놈에게 인사를 건네고는 밖으로 튀어 나가려
하는데… 누가 내 팔뚝을 잡는다.

모야…. ＝＿＝…

"언니… 가지 마요…."

인형이 애처로운 눈빛으로 날 바라보며 팔을 잡고 있다.

"… 응?… 왜 그러니?"

"언니… 현석이 오빠한테 가는 거잖아요…. 가지마요…. 여기 있
어요…."

"… 저기… 그게…."

"언니보다 내가 훨씬 먼저 알았어요…. 훨씬 먼저… 좋아했어
요…."

"… 그런 게… 아닌데… −＿−… 그게 아니구…."

"… 언니… 지금 언니 가면… 안 될 거 같아요…. 가지 말아요….
부탁해요…."

−＿−^… 이게 먼 분위기랴…. ＝＿＝ 그런 거 아닌데… 전혀 아닌
데….

인형은 뭔가 단단히 오해를 하고 있는 듯하다.

"… 홋… 그런 거였냐?"

대뜸 멀리서 가만히 보고만 있던 택현이놈도 입을 열고는 한마디 거든다.

이것들이 진짜. -_-…

아니야아니야아니란 말이얏. >_<

어쩔 수 없이 그 오해의 도가니탕에 묻혀진 나는 다시금 테이블에 앉아 계속 나오는 음식물들을 섭취 -_-했다.

날 보는 눈빛들이 하나같이 똑같구나…. -0-…

오해쟁이들. >_<

어이없는 오해쟁이들과 오붓한 -_-… 분위기 속에서… 꽤 많은 양의 음식들을 섭취한 후 택현이와 오빠놈과 함께 밖으로 나왔다.

"… 야 나 어디 갔다가 들어갈 테니까 먼저 가…."

"또 어디가게? =_=… 엄마 기다려. >_<"

"곰곰이 생각해 봐…."

"뭘? =_=…"

"엄마가 우리 늦는다고 기다릴 사람이냐??"

"아니…."

"그럼… 입 닫고 집으로 가라…."

"응. -_-^"

오빠놈이 알 수 없는 비즈니스로 가버리고 택현이와 남게 되었다. 잠깐의 침묵을 깨고 놈이 입을 열었다.

"현석이랑 그런 사인지… 몰랐네. ^-^"

"아니야!아니야!! >_< 그런 거 아니야!!!-0-!!!"

"… -_-… 아님 말구…."

"어어!! 아니야!!-0-!!"

말을 끝내고 집으로 간다고 나와 버렸다.

먼저 나가버린 짝꿍놈 시끼가 -_-… 어디로 가버렸는지 궁금해
져 온다. 몸도 아픈 것이 =_=… 약도 안 먹고 얼루 가버린거얏. >_<

…그깐 거지똥구놈 같은 놈 -_- 얼루 가서 아파 죽건 내 알 바는
아니지만 병원까지 데리고 갔던 보호자로서 -_-… 의무감 비슷한
것이 든다. =_=…

46

만지작… 만지작… 주머니에 손을 넣고는 계속 핸드폰을 만지작
거리고 있다. 짝꿍놈이 알면 날 죽이려 들지 모르겠지만 -_- 저번
에 놈 몰래 번호를 살짝 저장해 놨었다. -_-V

…전화를 해볼까?? … 말까??… 해??… 말어??

하며… 이미 뚜… 뚜… 신호가 가고 있는 핸폰을 느끼곤 화들짝
놀라버렸다. -_-…

이럴때 보면 난 너무나 생각이 행동과 일치되는 지행합일설의
선두주자라 할 수가 있다. -_-V

"… 여보세여…."

"… 내가 누굴까~~ 여… ._= _=…"

"… 병신."

"… 핫… 그래… 나야나. 병신 마뷔니 –_– 짝꿍이는 어디니??"

"알아서 뭐하게…."

"그냥 –_–^… 짝꿍 된 도리로서… 안부 전화닷!!!–0–!!!"

"… 아까 거기서 봤던 형 만나고 있어."

"우리 오빠??"

"야… 너 수빈이형 알아??"

"응. =_=… 내 친오빠야."

"근데 왜 존나 달라?"

"… 다른 사람이니까 다르지. –0–"

174

… 놈과 통화를 하고 있는데 옆에서 듣고는 내가 전화한 걸 알았
는지 오빠 새끼가 떠드는 소리가 선명하게 들려온다.

"송마빈!!! 꺼져꺼져꺼져… 끊어!!"

=_=… 어딜 가도 도움 안 되는 놈 _

짝꿍놈은 우리 오빠의 명령을 –_– 너무나 충실히도 잘 따르곤
뚝 끊어버렸다.

개늠들… ㅜ0ㅜ…

가만보면 두 놈이 참 비슷한 곳이 많은 게 –_– 한꺼번에 재수 털
린다.

전화도 끊김 당하고… –_– 영락없이 집으로 가야할 일만 남은
나는 저번에 맛본 적이 있던 광천수로 특수 제작한 닭꼬치 파는 곳

으로 향했다.

막상 도착을 하고 아저씨께 밝게 인사까지 드렸는데 =_= 주머니엔 돈이 없다는 중요한 사실이 떠올랐다.

어쩔 수 없이… ㅜ0ㅜ… 집주소, 핸드폰번호, 집전화번호 –_–까지 달아놓고 외상으로 2개를 사먹었다. –_–…

이럴때 보면… 난… 융통성이 강한 아이임이 온몸으로 느껴진단 말이다. ^o^V

2개… 참 아쉬운 숫자다. ㅜ0ㅜ 하나를 더 외상해 달랬더니–_–인정 없는 아저씨는 핸드폰을 맡기라한다. =_=…

자칫 맡기고 먹을뻔 했지만 이성적 판단이 예리한 –_– 나는 현명하게도… 아저씨의 유혹을 단번에 거절해버렸다.

가만히 보면 송마빈… 은근히 똑똑하단 말이야…. 헤헤~

'링가링가링가~'

"여보세여!!!–0–!!!!"

"… 너 어디야…."

"누구세여? =_="

"핸섬보이…."

"–_– 짝꿍이??"

"그래… 어디냐고."

"우리 오빠와의 만남 다 끝났니??"

"야씹… 세 번째 물어 보는거야…. 어디야."

"여기 광천수 닭꼬치집. -0-"

"… 거기가 어딘데…."

"학교 정문에서 좌회전해서… 다섯 발자국 가다가… 다시 세 발
자국 가서 우회전하고… 또다시 일곱 발자국 가서 좌회전하면… 나
와. ㅜ0ㅜ…"

"… 존나 짜증나네…."

뚝… -_-^…

나름대로 진지하게 설명한 건데 놈은 내가 장난짓거리를 하는
걸로 오해를 해 버렸나부다. ㅜ0ㅜ

닭꼬치집의 유혹에서 벗어나… 한 걸음 한 걸음… 아스팔트들을
지려밟으며 -_-…. 집으로 향하는데 _

"헉… 헉…야…."

"…=_=…"

"… 일곱 걸음 좌회전이 아니고 5걸음이야 병신아…. -_-"

"…o_o…"

짝꿍놈은… 정말 내가 가르쳐 준대로 착실하게도 따라왔는지 헉
헉대며 앞에 서서 나를 질책해댄다.

… 모야…

……

헉헉… 숨을 고르며 내 앞에 서있는 놈을 보고 있으려니 심장새
끼가 미쳤는지 갑자기 두구두구 뛰어온다.

모야… 송마빈…. 〉_〈…
주책이야. 〉_〈… 주책!!!-0-!!!
누가 엄마 딸 아니랄까봐서…

47

콩닥콩닥…
살짝 쿵떡… –_–…
미친 심장새끼의 박동이 느껴진다…. –_–…
나… 혹시 심장병이라도 걸려 버린걸까?? …ㅜ0ㅜ…
되도 않아먹은 놈을 보고 왜 이러는 거야!!!〉_〈!!!
정신 차리자!!

"… 모야. =_=…"
"모가? –_–^…"
"… 여기까지 어인 행차야?? –_–??"
"니가 전화했었잖어…."
"=_=… 우리 오빠랑 있담서."
"… 뭐 급한 건 주 알고 왔더니만 말하는 뽐새가 모 그따구야…."
"… 너의 말 뽐새도 못지 않게 아름다워. –_–^"
놈은… 어지간히 심심했는지 여기까지 와서는 시비질을 하고 혼
자 저벅저벅 닭꼬치집 근처에 있는 놀이터로 향한다.
따라… 오란건가?? 아니면… 이대로 꺼져 버리란걸까??–_–

힌트 좀 주면 좋으련만…. =_=…

나의 알쏭당쏭한 판단에 맡긴 채 놈은 공원 안으로 쏙하니 사라져버렸다. 여기까지 헐떡이며 왔으니… 너의 정성이 갸륵해… 특별히 상대해주마. -_- 라는 기특한 생각을 품고는 놈을 따라 놀이터 안으로 들어갔다.

이미 날은 어둑어둑 해졌는데도 어릴 때부터… 싹이 노래보이는 -_- 몇몇 까진 아이들은 아직도… 두꺼비집을 만들기에 열심이었다.

… 아… 옛날 생각나는구나. -0-…

나도 한때 두꺼비집 짓기로 우리 동네에서 날렸었는데… -_-

내가 한번 두 손을 쩌억~ 펼쳤다하면 하루 안에 절대 무너지지 않는 열댓 개의 두꺼비집이 탄생하곤 했었다.

어릴 때는 그런 거로 남정네들 사이에서 인기가 꽤 많았었던 걸로 기억된다. -_-V…

"이쁜… 마빈아. >_< 나 튼튼한 두꺼비집 한 개만 만들어죵."

"만들어주면 얼마 줄껑데-_-^?"

"… 달고나 한 개 사주까??"

"-ㅠ-… 그래…. 기다려 5분만… 튼튼한 놈으로 하나 만들어 볼게. -_-…"

……

+_+… 근데… 가만… 내가 여기 왜 있지??

아…

178

－_－^… 과거 회상에 흠뻑 젖어 잠시 놈의 존재를 잊고 있었구나. －0－…

어딨나… 고개를 두리번두리번 거리니 구석탱이에 있는 벤치에 앉아 뻑뻑 담배를 펴대고 있는 놈이 포착된다.

꼴에… 안 하는 게 없구나. －_－^… 몸에도 안 좋은걸 뭐가 좋다고….

소설 주인공들은 왜 죄다 흡연을 할까? －_－^…

"… 담배는 몸에 안 좋아. －_－^"

놈이 피건 말건… 내 별로 상관은 안 하지만서도 다가가기 멀쭘해 한마디 거들며 접근했다. －_－^

"꼴에 잔소리도 하네. 훗…."

179

그 재섭는 비웃음 －_－ 언젠간 혼내고 말꺼야.

놈은 담배를 빨고, 난 또다시 옛 추억 속으로 새록새록 빠져들어 무아지경의 경지에서 허덕였다. ＝_＝… 그때 그 달고나 참으로 맛났는데…. ㅜ0ㅜ…

'멍…멍멍멍…'

어머나… ＞_＜… 이뻐라!!!!－0－!!!!!!

어디서 나타났는지 주먹만한 강아지가 우리 앞에 쪼그리고 앉아 짖어대고 있다.

"와… 진짜 작다…. 어우 이뻐라. ＞_＜"

강아지를 번쩍 안아들고는 살짝 뽀뽀를 해줬다.

이놈 －_－^… 개새끼 주제에 내 뽀뽀가 맘에 안 드는지 고개를 획하니 돌려버린다. -_-…

어쨌든 간에… 너무 이쁜 것이… 순간… 나도 모르게 강아지를 주머니 쪽으로 넣고 있었다. -_-

"…뭐하냐?"

"어??-_-… 그냥 너무 작아서 주머니에 들어가나 넣어봤어. =_="

"야야… 저기 주인 같으니까 갖다주고 와."

정말 강아지 주인인지 미친 듯이 헐떡이며 내 쪽으로 뛰어오고 있는 꼬마아이가 보인다.

"… 헉… 헉… 그거 우리 강아지예여…. 주세여…."

"어…?? 아 그러니?? 여기…."

"감사합니다…. (_)"

옆에 짝꿍놈만 없었으면 주머니에 넣고 도망가는건데…. ㅜ0ㅜ 정말이지 도움이라곤 눈꼽 만치도 안 되는 놈_

확~ 개나 줘버렸으면 좋겠다. -_-^

"…야…."

"…왜. =_="

"수빈이 형이 별말 안 했지?"

"뭘 -_-?"

"내 얘기…."

"아니. -_-"

"그래…. 쓸데없이 물어보고 다니면 혼난다."

"피 −_−… 궁금하지도 않아."

"그럼 다행이고."

사실은… 궁금하다. 이런 싸가지쟁이가 가끔씩 슬픈 눈빛을 하고는 청승을 떨고 있을때 그 이유가 먼지 난 너무나 궁금하다.

그치만… 나도 존심이라는 단어를 알고있는 영악한 아인지라 궁금한 척은 안 할랜다. −_−

나중에… 살짝 오빠새끼 취했을 때 들볶아 물어봐야지!!−0−!!!

"… 참참!! 너 팬 관리를 뭐 그따구로 하냐!!!−0−!!"

"먼 소리야. −_−"

"아까… 낮에 본… 이뿌장한 아이 말야!!"

"아! 은지?"

"이름은 몰라!! 그냥 그 아이를 우선 '갑' 이라고 치고 말해보자. −_−"

"… 풋… 그래… 그 갑??"

"어어. −_−… 짝꿍아… 사람이 사람을 좋아하는 건 말이야…."

"좆같은 사랑타령 할라면… 고만해라…. 듣기 싫다."

"−_−… 좆?좆? 어머… 넌 세상을 너무 삐뚜루 보는 경향이 있어 짝꿍아. 〉_〈"

"… 그런가…? 그런가부지. −_−"

참… 할말 똑 떨어지게 하는 선천적 능력이 있는 놈이다. −_−

"… 야… 나 아까 돈 주웠다."

"헉… 정말정말?? 얼마얼마??"

"좀 많이…."

"진짜?? 그럼… 나한테 한턱 쏴라. -0- 저기 닭꼬치집 가서 3000원 외상 좀 갚아주고 덤으로 2개만 더 사줬으면 더더욱 좋겠다. ^-^"

"… 외상까고 처먹었냐?"

"응…. 나도 신용을 첫 번째 주자로 삼는 사람인데 말이지 -_- 먹다 보니 돈이 없는 거야…. ㅜ0ㅜ…"

"널 보고 있으면 세상… 참… 신명나게 사는 거 같다…. 생각이란 건 하고 사냐?? 뇌는 있냐??"

"-_-… 닭꼬치 외상으로 먹었다고 그런 소리까지 들어야 돼??"

"아니. -_- 더 들어야 돼."

"피피 관둬!!!! -0-!! 쫌생이쫌생이. -_-"

"따라와."

그렇게 시건방진 말을 남기고 놈은 앞장서서 날 이끌었다.

어딜 가는거니??

48

놈은… 정말이지 돈을 굉장히 많이 주웠나부다. +_+…

닭꼬치 가게로 성큼성큼 가서는 3000원을 아저씨께 드리고 4개를 더 달라고 하고는 내 양손에 2개씩 건넨다.

우와우와우와. >_<

사람이 죽을 때가 되면 안 하던 짓을 한다던데… –_–…

니놈… 죽을 때가 된 거니?? 생긴 거로는 벽에 똥칠할 때까지 살게 생겼는데 –_– 생김으로 미루어 볼 때 죽을 때가 된 거는 아닌 것으로 추정된다.

"… 우와… 짝꿍아 너 얼마나 주웠길래 이렇게 서비스가 A⁺급이니??"

"홋… 니가 세기 힘든 만큼 주웠어…. 너 10이상은 못 세지 않냐??"

"–_–… 재수탱이. 〉_〈…"

놈의 서비스는 거기서 끝이 아닌갑다. 나를 끌고는 더 큰길로 나가선 [Happy Dog]라는 간판이 달린 가게 앞에 선다.

"기다려…."

"여긴 왜?"

"너랑 존나 쌍둥이 소개시켜 줄게…."

"쌍둥이??… 나 쌍둥이 아닌데. =_="

"좀 조용히 하고…."

"응. =_="

난 놈이 시키는 대로… 조용히 닭꼬치에 내 온 정열을 다 담아 먹어댔다.

아까 사실… 놈이 4개를 샀을 때 2개는 지눔이 먹는다고 할까봐 얼마나 조마조마 했는지…. ㅜ0ㅜ

한 십 분 가량 가게 앞에서 닭꼬치를 먹어대고 있으려니 놈이 나오는 모습이 보였다.

"＋_＋… 건 머야??"

놈은… 품에 보기만 해도 참 미워서 패버리고 싶은 퍼그 한 마리를 들고 나온다.

"… 니 쌍둥이. －_－"

"머야머야머야!!!－0－!!!"

"… 거울 보는 거 같지 않냐?? 홋…."

"재수 없어…. ㅜ0ㅜ…"

"잘 키워서 대대손손 번창시켜라…. 그렇게 생겨먹었어도 그거 꼴에 여자랜다."

"… －_－??… 나 주는거야???"

"어."

"… 왜?…"

"너랑 너무 닮아서 남이 가져간다는 게 너무 안타까워."

"… 정말… 가져?"

"아… 속고만 살았나…."

"그럼… 두말하기 없기다. 너!!"

"어…."

"진짜지??"

"아… 씹!!"

그렇게 넘에게 패버리고 싶은 퍼그 한 마리를 얻어내고는 놈의 마음이 바껴서 도로 빼앗아갈까봐 들고 뛰기 시작했다.

한참… 뛰다가… 뒤를 돌아보니 놈은 어이가 없다는 듯이 저 끝에서 날 쳐다보고 있다. 하긴… 좀 어처구니 없긴 할꺼다. -_-

줬더니 고맙다는 소리도 없이… 들고 뛰는… 날 놈은 어떻게 생각할까 -_-??

"짝꿍아!!! 생김은 맘에 안 들지만… 잘 키울게…. 고마워! -0-"

"꺼져!!!"

"응응… 나 꺼질게…. 안뇽!!!! >_< !!!!"

대뜸… 강아지 한 마리 얻었구나. -_-

새끼… 기왕 주운 돈으로 사줄꺼면 좀 이뿌장한 마르티스나 요크셔 정도로 사줄 것이지 퍼그가 모냐…. 퍼그가. -_-

가만히 퍼그놈을 바라보고 있노라니 살짝… 은근히… 나랑 닮은 것도 같고… -_-a

순간… 집어 던질 **뻔**했다.

훗… 그래….

니놈이… 니돈에는 인색해도 주운 돈에는 너그럽구나. -_-

혹시… 훔친 돈은 아닐까?? 걸리면… 이거 내가 된통 다 뒤집어 쓰는 거 아냐??-_-

나름대로… 이런 방면으로 똑똑한 나는 이런저런 놈의 행동거지를 하나하나 추적했지만 달리 단서는 발견되지 않아서 도중에 고만뒀다. -_-

사실 내가 끈기는 좀 없다는 게 유일한 단점이긴 하다.

"강아지야. -_-…. 우리 앞으로 잘 지내보자…. 서로의 부족한

점은 질책하기보단… 보듬어 주자…. ^0^ 알았지??"

"멍멍!!"

"그래~ 자식. 대답은 잘하는구나…."

"멍멍!!"

"맘에 든다!!! ㅋㅋㅋ"

"멍멍!!"

–_–;

49

186

강아지라고도 말하기 민망한 –_– 퍼그를 델구 집안으로 한 발한 발 들어갔다.

"아~ 씨…. 야건 또 모야!!"

"=_=… 강아지."

"그런 것도 강아지라고 표현하냐? 어서 났는데!!?"

"현석이가 나 닮았다고 줬어. =_="

"푸하하하하하… 현석이 새끼 눈썰미 존나 좋다…. ㅋㅋㅋ 근데 비싼 개새끼를 널 왜 줘?? 혹시 나 주란 거 아니냐??"

"꺼져!!–0–!! 나 준거야!!! 아까 돈 주웠다고 사준거야. –_–"

"… 돈??… 그런 말 없었는데…."

"오빠랑 헤어지고 오는 길에 주웠나부지. –_–"

"… 그런가…. 암튼… 너 현석이랑 샬랑샬랑한 사이냐??"

"샬랑샬랑한 사이가 몬데? -_-^"

"아 그거 존나 야리꾸리한 거…."

"=_=… 러브러브??"

"아… 그래. 암튼 그런 거냐구."

"아니야. -_-절대!!네버!!!오~ 노!!!"

"현석이 그놈한테 잘해라."

"아니라니까!!!!-0-!! 아니야 아니야 아니야."

"암튼… 잘해라…. 난 잔다. -_-"

연신 쫓아다니며 아니라고 울부짖는 날 두고 오빠새끼는 지 방
으로 골인해 버린다.

어우… 억울해. =_=

퍼그 새끼를 내 방으로 유인한 후 안락하게 쿠션으로 침대를 만
들어주곤 나도 잠에 골인한다. =_=

아침은 언제나 하루 중 제일 짜증나는 멤버다. =_= 주섬주섬 교
복을 입고 세수는 언제나 그렇듯 -_- 하는 둥 마는 둥…

아침에 퍼그가 없어져서 한참을 찾아다녔는데 결국 오빠새끼의
베개가 되어 머리통 밑에 깔려있다.

심히 놓고 학교에 가는 것이 불안하지만 -_-^ 저걸 들고 학교까
지 갈 수는 없는지라… 잘 부탁한다는 말과 함께 오빠놈에게 5000
원을 주곤 학교로 갔다.

속세에 찌든 놈. -_-

명색이 대학생이란 놈이 단돈 5000원에 저렇게 변한다는 건 있

어서도 있을 수도 없는 일인 것을…. ㅜ0ㅜ…

룰루랄라~

그런데 오늘따라 거리가 한산한 것이 우리 학교 애들이 한 마리
도 보이지가 않는다. =_=…

살짝… 이상도 했지만 내가 지각을 해서 그렇거니하고 별 생각
없이 학교까지 갔다.

어랏!!! +_+…

교문이 굳게 닫혀있다.

"아무도 안 계세요?… 저기요… 학주 선생님 제가 왔어요. +_+"

조용———

희주눈한테 전화 해봐야겠다. -_-

'뚜——————뚜——————'

"여보세여? =_="

"희주야 나야, 마빈이. >_<"

"어어… 아침부터 웬일이야? =_="

"교문이 닫혀있더…. ㅜ0ㅜ…"

"헉… 너 학교야??"

"응응… 근데 오늘 무슨 날이야?"

"개교기념일. -_-"

"헉… 참말??ㅜ0ㅜ…"

"어… 어쩌니…?"

"어쩌긴 집에 가야지…. ㅜ_ㅜ…"

희주에게 충격적인 소리를 듣고 _
터벅터벅…
쑥스러운 교복의 자태를 감추며 집 쪽으로 방향을 틀었다.
'띠~'
아침부터 날라 온 문자에… 두 눈을 버럭뜨고 열어봤더니….-_-

야 너는 학교 왜 가냐? 다른 애들은 개교기념일 같던데 -_-

니가 사랑하는 오빠새끼

아우~ -_-!!!
개늠!! 알았으면 아침에 한마디라도 해줄 것이지… 처죽일 놈을
연신 씨부리며 터덜터덜… 버스정류장에 서있다.

"… 송마빈!!"
=_=… 누구얏??
제발 내 교복 입은 모습을 아무도 못 봤으면 했건만 어디선가 나
의 이름을 부르는 소리가 들려온다. 두리번거리니… 버스 뒤쪽에
창문을 열고 날 불러대는 택현이 놈이 보인다.
그러더니 안되겠는지 -_- 아저씨에게 뒷문을 쾅쾅 두드리며 열
라는 신호를 보내곤 -_-^ 내려서 다가온다.
"…하이. =_="
"어… 근데 웬 교복?"
"-_- 몰라."

"야야… 훗… 너 오늘 개교기념일인 거 몰랐지??"

"몰라. -_-"

"하하하하… 너 진짜 웃기는 애구나. ^0^"

웃기는… 애구나?? -_-

그 말인즉슨… 내가 진실로 개그가 뛰어나단 말인지 비꼬는 듯한 웃기는 애란 뜻인지 알 수가 없다. =_=

"그런 넌 어디 가는 길이니??"

"아… 잠깐 어디 가던 길이야…."

"어디??"

"내 애인한테. *^^*"

"애인 같은 것도 있냐?"

"어… 그럼 이 인물에 없겠냐??"

"우엑!!!-ㅠ-!!! 어딨는데 니 애인??"

"좀 멀리 있어. ^-^"

멀리 있는 애인을 보러 이 아침부터 서두르는 니놈도 보기랑은 달리 공처가 스따일이구나. -0-

"야… 그럼 빨리 가지 왜 이러구 있냐? =_="

"그냥…. ^-^"

"참나… 난 간다. -_-"

버스가 오길래 놈에게 짧은 이별의 말을 고하곤 낼름 올라 타버렸다.

"야야야…."

헉-_-… 뭐야. 갈길 바쁜 놈이 왜 여기까지 따라 타고 난리야.
>_<

"이건 또 왜 탔어?? 니 애인 기다린다… 언능 가!!! 떽!!떽!!"

"핫… 기분 우울했는데 잘됐다. 나랑 놀자. -_-"

"너랑 놀 시간 없더!!-0-!!!"

"…에이~ 거짓말. >_ᓂ"

"우오… 쏠려. -_- 절루갓."

"… 나름대로 귀엽지 않냐?? 훗…."

"-_-… 참!!… 너 요새도 그 수영강사질 하니??"

"아… 그거 이제그만 둘려고…."

"왜? +_+…"

"이제… 좀 벗어나 볼려고 한다…."

"-_-?? 뭘?? 우리 엄마한테서??"

"하하… 아니야 임마."

하며 놈은 어디서 주워 본 건 많은지 -_- 꽃미소를 지으며 내 머
리를 콩! 내려찍는다.

그거 티비에서 멋진 놈들이 하면 꽤나 의미심장한 짓이지만 니
놈이 하니 -_- 아푸기만 그지없구나!

놈은 참말로 할 일이 없나부다. -_- 기어이 우리 집까지 버스에
동승해 요리조리 내게 말짓거리를 시킨다.

"야야… 우리 놀러 갈래?"

"어딜? -_-"

"그냥… 암대나. ^^"
아… 얘 오늘 왜 이래??-_-

50

"놀러가자. ^-^"
"어디루 -_-??"
"… 너 뭐하고 노는 거 좋아하는데?"
"나?? 나야 뭐-_-… 머리만 안 쓰는거면 다 좋아. -_-"
"홋… 그럼 내가 가잔데 따라 가는거다!!"
"응. =_=… 그래 보도록 노력할게."
그렇게 놈에게 이끌려 버스에서 폴짝 뛰어내려 다른 버스로 갈
아탔다.
내 교복 입은 모습을 보는 모르는 사람들은 학교 땡땡이까고 탱
자탱자하는 학생으로 보이겠지??-_-

이거 참 억울하네. -_-…
"근데 어디 가는거야? ^-^"
"… 바다 보러."
"헉… 바다???"
"놀라지마. -_- 가까우니까."
"바다람서!!-0-!!! 나 외박하면 죽어. >_<"
"외박 -_-??… 외박 안해. 이거 타고 2시간만 가면 돼."

"그렇게 가까운데 바다가 있어??"

"… 서해…."

이늄아 -_-… 서해도 바다더냐?? 어딘지 정확히 기억은 안 나지만 어렸을 때 서해로 가족끼리 놀러갔던 기억이 난다.

갯벌과… 똥색깔 -_- 바닷물이 어우러졌던 곳….

오빠새끼가 바닥에 비틀비틀 기어가는 게를 잡아 내 바지 속에 넣어서 엉덩이 물렸었다.

엉덩이가 남산만 해질 수 있다는 걸 어릴 때 일찌감치 난 다 깨우쳤다. ㅜ0ㅜ…

가만히 생각해보면… 오빠새끼는 어렸을 때부터 싹이 노랬던 게 재섭는 건 타고난 천성인 듯 싶다. -_-^

"무슨 생각을 그렇게 해…?"

"재섭는 사람. -_-"

"재섭는 사람이 누군데?"

"송수빈 -_- 이라고 세상에서 제일 재섭는 사람."

"훗… 왜 난 수빈이 형 제일 좋은데. ^-^"

"-0-… 정말??…"

"형… 나한테 소중한 사람이야."

"그러시겠지. -_-… 너한테 소중한 그 사람 나한텐 불필요한 사람이야."

"… 훗…."

"우리 불필요한 소재에 관해서 얘기하지 말자. -_- 어디선가 숨어서 내가 씹는걸 듣고 있을 것 같아서 소름 돋아. -_-"

살짝 열어 논 창문으로 새어 들어오는 바람이… 마냥 시원하다.
그런데 아까부터 부끄럽게도 -_- 자꾸만 내 헝클어진 머리결이 바
람을 타고 택현이 놈의 콧구녕으로 곤두박질 처댄다. -_-

이런 영상… 티비에서 보면… 참 아름답게 보이던데 -_- 내가
하니… 영… 그림 안 잡힌다.

민망해 창문을 확!! 닫아 버렸다.

"왜… 바람 시원하고 좋은데…."

"… 내 머리 자꾸 너한테 가잖아…."

"냄새 좋아서 가만히 있었는데. -_-"

헉!! -///-…

194

이런 느끼한 발언을 아무렇지도 않게 해대는 놈이 참 낯설다.
-_-

"참… 여자친구한테 연락했어??"

"… 응??"

"너 아까 여자친구 만나러 가는 길이었잖아. -_-"

"아… 간단 연락 안 했어…. 깜짝 놀래줄려고 했었지…."

"아…. -_-…."

놈은 보기랑은 다르게 이벤트쟁인갑다. -_- 깜짝출연으로 기쁘
게 해줄 심산이었구나. -0-

누군지… 부럽다. 쳇… 희주가 들으면 서운하겠군.

"이젠 내 얼굴 까먹었을지도 모르겠다…."

"ㅇ_ㅇ… 그렇게 오랫만이야??"

"… 1년 만에 보려는 거였거든…. 내가 가는 거 싫어할지도 몰라서…."

-_-… 모야…. 사랑경험이 없는 내게는 참… 해석이 어려운 사귐 이론이다.

암튼…

어린것이 벌써부터 복잡한 사랑에 힘들어하니… 세상이 말세다 말세. -_-

"거의 다 왔다…. 준비해."

"응. =_=…"

놈은 주섬주섬 내가 먹다 떨어뜨린 팝콘 가루를 툴툴 털어내고는 -_- 앞서내린다. 정말 신기하게도 버스로 1시간 40분 가량 달려오니 바다가 펼쳐져 있다.

귀여운 -_-파도도 간간이 나타나고 서해치곤… 꽤 괜찮은 바다다.

"와~ ^ㅇ^ 진짜 바다네."

"…시원하지?"

"응응. 시원해. ^-^"

난 너무나 신난 나머지 -_- 광년이 마냥 신발을 벗어 재끼고 바다 쪽으로 뛰어갔다.

폴짝!!-0-!! 폴짝!!-0-!!…

이눔의 파도새끼 >_< 서해라고 얕잡아봐선 큰발 다치겠다. -_-

51

한참 파도녀석과 기빼기 싸움을 해대다 택현이의 존재를 인식하곤 놈 쪽으로 시선을 돌렸다.

－_－^…

놈은… 어디서 지 팔뚝만한 막대기를 하나 주워다가 모래바닥에… 커다랗게… 글씨를 새겨 넣고 있었다.

모하는 거지??－_－

동그라미 하나가 지름이 10m는 족히 되는 것이 놈이 쓴 글씨를 알아보는데는 꽤 많은 시간이 소요됐다.

'이현수'

여자 이름 같은데…. ＝_＝…

어느 정도 나도 눈치란 건 있는 아인지라 만나러가기로 했던 애인 이름 같다는 것을 금세 알아차렸다.

… 놈은… 현수란 그 아이를 많이 사랑하는갑다. －_－

사랑이란 감정… －_－ 그딴 거 나는 먹고 사는 게 바빠 잘은 모르지만 놈의 눈빛을 보면… 꽤나 심각하구나…. 알아 차릴 수가 있다.

"… 이름 이뿌다. ^o^…"

"……."

"… 애인 그렇게 보고 싶으면… 지금이라도 가보지 그래??"

"… 내가 피하는거야…. 병신 같은 새끼가… 보고 싶어도… 볼 자신이 없어서… 피하는 거다…."

=_=···

니눔··· 얼마나 큰 죄를 졌길래 -_- 답지 않게 그렇게 쪼니. =_=

새끼···

얼굴 믿고 바람이라도 폈나? -_-

'땡땡리리리리땡땡리리리리리♩ ♪'

생전 울리지 않아서 꺼져있는 줄로만 알았던 전화기가 울린다.

=_=···

"여보세여. =_="

"어디야···."

=_=···

짝꿍놈의 목소리임에 틀림이 없다.

두근두근··· 두근···

··· 아무래도··· 요새 심장새끼가 풍이라도 걸렸는지 -_-··· 가끔 때도 못 가리고 떨어대는데 당황스럽다.

"어디냐고···."

"응?? 응! 여기 좀 먼데야···."

"먼데가 어딘데?"

"잠깐만!!"

짝꿍놈의 성격상··· 정확한 위치를 알아야만 직성이 풀릴 것 같아서 수화기 입 부분을 막고 택현이에게 물었다.

"… 택현아! 여기가 정확히 어디야??"

"… 누구야??"

"그건 됐고 – _ –어디야? 〉_〈"

"누군데??"

– _ –…

괜시리 사이도 안 좋은 놈들 사이에 껴서 서로의 존재를 알려서
기분을 상하게 만들고 싶진 않았다.

"짝꿍아 =_= 정확히 어딘지는 몰겠구 서해야 서해."

"누구랑 갔는데?"

– _ – 이것들이… 왜 그렇게 누구랑이란 단어를 좋아하는 걸까….

"…친구랑…."

"…언제 오냐?"

"몰겠어."

"알았다. 끊자."

별 용건 없는 전화. – _ –^

끊김 소리가 들리고 왠지 아쉬운 느낌이 든다.

"… 이제 그만 갈까??"

택현이놈은… 아까 커다랗게 썼던 이름을 다시 발로 박박 지우
고는 가자한다. – _ –

온지 얼마나 됐다고… 그치만 차비가 없는 관계로 인해 _

"응. 가자…."

라고 대답했다.

녀석은… 아까보다 사뭇 더 진지한 표정으로 돌아선다. 돌아오
는 버스에서도 내내 한마디 말없이 창문 밖만 내다본다…. =_=

… 아… 적응 안돼!!!-0-!!!

52

버스는… 쌩쌩 달려서 어느새 처음 출발했던 곳에 도착을 했다.

"… 오늘 덕분에 잼 있었어. ^-^"

"데려다 줄게…."

"아냐아냐. 〉_〈 피곤할 텐데 가서 쉬어."

"안 피곤해…."

=_=…

그런 썩을 표정을 하고선 데려다 준다고 하면 나도 불편한데…
쩝쩝. ㅜ0ㅜ… 딱히 거절을 하기가 뭐해서 놈의 옆에 쫄랑쫄랑 붙
어 집 앞까지 걸었다.

동네 골목길에 들어서고…

"다왔다. ^0^… 이제 가."

"그래… 잘 들어가고 내일 보자…."

"응응… 고마워. ^^"

돌아서… 가다가… 아무래도 난 너무나 맘이 착하고 신경이 예
민한 아인지 -_- 저렇게 적응 안 되는 표정을 하는 놈이 걱정이 됐
다.

"택현아!!"

"ㅇ_ㅇ…."

"힘내!!!^-^!!!…."

"… 그래 고맙다…."

"응응… 안녕.*^^*"

… 깜찍하게 -_- 택현이에게 용기를 북돋아주고 집으로 폴짝폴 짝 뛰어가는데 _

"씹… 놀고 있네…."

라는… 익숙한 목소리가 들려온다.

놀라서… 소리가 나는 쪽으로 고개를 돌렸더니 아주… 아주아주

무서운 표정을 한 짝꿍놈이 내 쪽으로 어슬렁어슬렁… 걸어온다….

여기 왜 있니?? 언제부터 있던 거니?? =_=

"… 어??"

"저 새끼랑 갔었나?"

"… 아… 그게…."

"꼴에… 사람 병신 만드는데 소질 있네…."

"무슨 소리야…?"

"… 너… 너 말이야…."

"……."

"… 씨발 짜증나…."

놈이 날 짜증나 하는 건 익히 알고 있는 사실이지만서도 -_- 소름끼칠 정도로 무섭게 내려다보며 짜증난다고 말해대는 지금의 녀

석은 날 얼어붙게 만들기에 충분했다.

"… 내가 분명히 경고했지?"

"……."

"저 새끼 주변에서 얼씬대지 말라고."

……

그래… 분명 경고했었지…. 니 동생이 많이 사랑한다고??? 그 끔찍한 니 동생이 사랑하니까… 얼쩡대지… 말라고….

어쩌면 쉽게 들어줄 수 있는 부탁인지도 모르겠지만… 지금… 날 죽일 듯이 내려다보는 니 앞에… 작게 서있는 이 순간만큼은 화가 난다.

"… 그래. 니 동생이 사랑하니까… 꺼져달라고 했었지? ^-^"

"……."

201

"그런데 어쩌니?? 니가 그럴수록 택현이 옆에서 더 얼쩡대고 싶은데…. ^^"

"… 닥쳐…."

"……."

……

언제부턴가 니놈을 보면… 가슴 한구석에… 작은 설렘이 일렁였는데 엉뚱한 곳에만 관심을 가지며 하지말라는 니놈에게 난 작은 반항을 하고 싶다 .

더 이상 그 자리에서… 반항 -_- 을 해대다간 눈물이 흐를 것 같아서 서둘러 놈을 스쳐 집으로 들어가 버렸다. 암것도 모르는 퍼그

새끼가 꼬리를 흔들어대며 날 반긴다.

　씨…

　그래… 퍼그 새끼 이름 정했다!!!! –_– 니 이름 앞으로 현석이다.

–_–…

53

　자고 있는데… 아까부터 자꾸만 걸리적거리는 것이… 목을 죈

다…. 켁…켁. =_=

　"킥킥키득"

　무시하고 자려했지만 이젠 정도가 좀 지나치다 싶어 살짝 눈을

떴더니 –_– 수빈이 새끼가 잠자리채로 내 머리를 꾸겨 넣고는 땡

겨대고 있다.

　미친놈. –_–

　하다하다 이젠 별 짓을 다하는구나.

　"아~ 모야!!!!–_–"

　"킥… 야야… 존나 잼 있다."

　"아~ 씨 빨리 빼!!!"

　"–_–…. 덕분에 지각 면하게 생겼으니까 한턱 쏴!!!–0–!!!"

　"오빠 짜증나…."

　투덜투덜 놈을 밀치고 화장실로 들어가 세수를 하고 식탁에 앉

았다.

"니들은 왜 보기만 하면 그렇게 으르렁대니!!!"

간만에 출연한 우리 엄마다. ─ ─

이 시대 주책의 선두주자 우리 엄마. 〉〈

"저 새끼가 나 못 잡아 먹어서 안달이야!!"

"너 지금 저 새끼라고 했냐?? 아침부터 디지게 맞고 학교 갈까??"

"꺼져꺼져꺼져. 〉_〈"

"어쭈… 송마빈 많이 컸는데…. ^-^… 일루와…."

밥 먹으려 들었던 숟가락을 손에 꼭 쥔 채 놈에게 이끌려 한바탕 쇼파에 머리박기를 해냈다.

─ ─… 힘이 빠져서 그런지 밥맛은 더욱 땡기는 것이 다행이지만 흐트러진 머리를 다시 빗어야 하는 건 여간 짜증나는 일이 아니다.

오빠 놈은 입맛이 없담서 지 방으로 잠자리채에 퍼그 머리를 끼고 끌고 들어가 버렸고 ─ ─ 나만이 유유히 식탁에 앉아서 간만으로 여유있는 식사를 즐긴다.

가끔 아주 가끔 엄마가 식탁 위에 실력발휘를 할 때면 내 젓가락은 너무나 바빠진다. ┰0┰ 이것도 먹어줘야 하고 저것도 먹어줘야 하고 지들도 시샘이란 게 있는지 한 반찬만 편식을 해주면 삐진다. ─ ─

너무나 많은 반찬 속에서 행복해하는 내게 엄마는 유리 깨지는 소리를 해댄다. ─ ─

"마빈아, 오빠랑 사이좋게 지내…."

"-_-… 오빠가 먼저 괴롭히는 거 엄마도 봤잖아!!"

"그게… 지 나름대로 사랑표현이지…. >_< 아직도 그걸 모르니??"

"됐어됐어. >_< 그딴 사랑 받고싶지 않아. 빨리 학교나 가라 그래!! 서울은 왜 왔대? >_<"

"오빠 휴학 했잖니. -_-"

"헉-_-… 그럼 계속 계속 집에 있는 거야??ㅜ0ㅜ 시러시러시러시러시러."

젓가락으로 X자를 그리며 싫다고 엄마에게 연신… 내 마음을 표현했다. -_- 그 와중에도 젓가락은 놓고 싶지 않았음이 솔직함이다. =_=

"오빠… 곧 군대가니까… 잘해 요지지배야! 니 오빠가 너한테 말하지 말랬는데 모른 척하고 잘해라!"

ㅇㅇ… 군대??

하긴 우리 오빠도 대한민국의 건장한 청년이니 군대에 가는 건 당연한 일이지만 막상 간다니… 너무나… 당황스럽다. -_-

아니지아니지 -_- 빨리 가야지!!

니 같은 놈은 가서 열나게 뺑뺑이 돌고 고생 좀 해봐야 동생 소중한 줄도 좀 알고… 사람이 된다….

너무나 신나는 소식을 -_- 놈이 군대에 간다는 소리를 듣고 나니 입맛이 딱 떨어지는 것이 젓가락이 절로 식탁으로 놓여진다.

"엄마 학교 갔다오께."

"그래… 일찍 좀 다녀!!"

"네…."

버스정류장에서… 멍하니 버스를 기다리니 버스가 도착을 했다.

악악!! -0-!!

언제나 만원버스 지겨워지겨워…. ㅜ0ㅜ…

어쩐지 저 지옥 같은 버스가 영~ 안 땡긴다.

걷고 싶어졌다.

……

우리 학교 가는 길이 이렇게 운치 있고 예쁜지 오늘 처음 알았다. 늘… 공부입시… 수능… 이런 것에 찌들려 주위를 돌아보지 못한 것이 후회스럽다.

흠… 흠…

공부, 입시, 수능이라는 단어를 사용한 건 나도 찜찜하니 -_- 이해 바란다. 사실… 그딴 건 나랑은 영~ 상관이 없는 단어다. -_-
추측해 보건데… 나와 상관 있는 단어를 뽑으라면 꽃미남, 닭꼬치, 맛난 반찬, 하얀 쌀밥… 뭐 이런 것들로 해두고 싶다. -_-

누가 들으면 -_- 백날 굶고 사는 그지왕촌 줄 알겠네. =_=…

암튼간에 -_-

길 양쪽으로 길게 피어있는 벚꽃나무가 바람에 살랑이고 벚꽃이 눈처럼 떨어진다. 어디선가 주워들은 건데 멋진 남자배우가 여자 후리려고 한 대사였던 것 같다.

"팝콘은 벚꽃을 튀겨서 만든 거 같지 않니??"

그때… 그걸 보곤 한껏 비웃어 줬었는데 지금 보니 그런 것도 같다. -_-

여기 있는 이 수억 송이의 벚꽃을 튀겨서 팝콘으로 만든다면… 와우… 일요일 오전에 했던 만화… 스크루지 영감이 돈에서 수영을 했던 것처럼 난 팝콘에서 수영을 해도 되겠다. 〉_〈… 흐흐.

참… 아름다운 마음으로 시작한 상상도 언제나 끝은 먹을 것인 게 나도 참 속상하다. ㅜoㅜ

54

고의로 일찍 일어난 건 아니지만 어쨌든 오빠 놈 덕분에 간만에 여유 있는 등교시간을 가진 것이 살짝 고맙게 느껴지는 순간이다.

교문을 10m정도 남기고 걷고 있는데… 앞쪽에 짝꿍놈이 걸어가고 있는 뒷모습이 포착됐다.

아는 척이라도 해볼까해서 다다다다 뛰어 놈의 바로 뒤까지 따라잡았다가 문득… 어제 밤에 내게 화를 버럭 내고 갔던 것이 생각나… 마이클잭슨 뒤로 빼기 춤 -_-으로… 물러났다.

호랑이 선생님도 니놈보단 안 무서울꺼다. ㅜoㅜ

교실로 들어갔더니… =_=… 내 책상이 없다. 짝꿍놈 옆에 늘상 붙어있던 책상이 없어지고 짝꿍놈만이 짝 잃은 외기러기 마냥 반쪽짜리 책상에 덩그러니 앉아 있다.

어디 간거야…. ㅜoㅜ…

심호흡을 길게 한번 하고 놈에게 물었다.

"… 내 책상 어딨어??"

"……."

-_-… 씹을 줄은 내 이미 알았지만서도 민망하긴 하구나. -0-

요리조리… 앞뒤 책상을 살펴봤지만 깜찍하게 책상 귀퉁이에 마빈이꺼 라고 새겨 놓았던 책상은 보이지 않았다.

저쪽에 앉아 참으로 착하게 생긴 짝꿍과 이야기를 하고 있는 희주에게 다가갔다.

"희주야… ┰0┰… 내 책상 못 봤어??"

"책상??"

"응. 없어졌더…. ┰0┰"

"혹시 저건가??"

그러면서 교실 구석에 있는 쓰레기통 앞에 거꾸로 뒤집어져 있는 책상을 바로 세우며 _

"마빈아 이거 혹시 니꺼야??"

하며… 보여준다.

책상 귀퉁이에 마빈이꺼 라는 깜찍한 문구가 새겨진 것이 발견됐고 이 책상은 내것 임이 명확해졌다.

누가 이렇게 뒤집어 논거야. ┰0┰…

혹시… 현석이 니눔이 이렇게 뒤집어 논거니?? 만약 그렇다면 너는 생각보다 유치한 면을 가지고 있구나….

책상을 바로 세우고 휴지로 쓱싹쓱싹 닦아선 넘의 옆으로 질질 끌고 가 붙였다.

　참… 비굴한 순간이다…. ┰0┰

　"자리 바꿔…."

　"…응 -_-?"

　"너랑 옆에 붙어있기 엿 같으니까 자리 바꾸라고…."

　"… 나도 여기 앉고 싶지 않어. -_- 그치만 다른 자리가 없잖니!!-0-!!"

　"좋은 말로 할 때 바꿔라…."

　애… 왜 이래. -_-… 놈에게 살짝 쫄은 건 사실이지만 ㅠ_ㅠ 달리 앉을 곳이 없었던 지라 교묘히 책상을 살짝 떼어서 옆에 앉았다. -_-…

　"장난 해??… 내 말이 좆같지??"

　"… 그럼 나 어디 앉으라구!!-0-!!"

　"그건 니 사정이고 난 니 옆에 앉기 싫으니까… 꺼져."

　어제… 내가 그리도 잘못을 했었던가??-_-a 무엇이 이놈을 이토록 화나게 만들었나!

　곰곰이 처음부터 돌이켜보기로 했다.

　그래… 니눔의 말을 가볍게 넘겼던 건 내 잘못이지만서도 -_- 지금 이런 행동 -_- 오바러스하게 밖에 안 보인단다…. ┰0┰

　나름대로… 고민하고 앉아있는데 놈은 내가 무시하는 걸로 보였는갑다. ┰0┰

　"…아 … 아씹…."

하며… 책상을 밀어재끼곤 지놈이 나가버렸다. =_=… 마치… 굴러온 돌이 박힌 돌을 빼낸 것처럼 난 한순간에 뻘쭘한 뻔뻔녀가 되어 남겨졌다. -_-

새끼… 내가 아무리 싫어도 그렇지… 기껏 온 학교를 뛰쳐나가 버리냐…? ┳0┳…

너무나 비참하고도 초라해지는 순간이다. 비록 늘 나를 무시하고 -_- 없는 사람 취급했던 놈일지라도 짝이 없는 학교생활은 너무나 외로웠다. -_-

사실 좀더 솔직히 말하자면 비어있는 녀석의 책상에 자꾸만 눈이 가고 걱정이 됐다.

어딜 간거야…?? ┳0┳…

결국 점심시간까지 놈은 들어오지 않았다. 희주와 밥을 먹고 책상에 앉아 수다를 떨고 있는데 택현이놈이 어서 콜라 하나를 삥 뜯어왔는지 내게 건넨다.

"먹어."

"어??… 나 주는거야?"

"어."

"고마워. 잘 먹을게. ^-^…"

"… 그래 -_- 고맙게 잘 먹어라."

놈에게 받은 콜라를 따는데 희주가 앞에서 눈이 찢어지도록 야려댄다.

"모야!!!! 모야모야 송마빈!!!-_-"

"왜?"

"택현이가 너한테 이걸 왜 줘? ﹀_〈"

아차차차차 =_=… 우리 희주 저놈 팬이었지.

"내가 아까 3000원 주면서 하나 사다달라고 했어. ﹣_﹣"

"정말??﹣_﹣^"

"어어…."

"후힛… 그래??… 먹자…. ^0^"

콜라를 뺏어서 벌컥벌컥 들이켜대는 희주를 보니… 절반 이상 벌써 넘겼을 것 같은 두려움이 밀려온다.

﹣_﹣^ 이런 거로 은근히 우정을 저울질하는 나를 아직 희주는 판

단 못한 눈치다.

"참참… 마빈아. ﹀_〈"

"왜. ﹣_﹣"

"현석이 아직 안 들어왔지?"

"응…."

"아직도 옥상에 있나??"

"옥상??"

"아까 화장실 가는데 옥상 쪽으로 올라가드라구…."

"정말???"

"응."

"희주야 잠깐만…."

놈이 옥상에 있다는 소리를 듣고는 남은 콜라를 희주에게 던져

줘 버리곤 옥상 쪽으로 뛰어갔다. 왜 이렇게 헐떡대며 뛰고 있는진 모르겠다. =_= 날 보면 또 잡아죽이려 할텐데…. ┳0┳…

55

헐레벌떡… 옥상으로 뛰어올라가 문을 활짝 열어 재꼈다.

어딨니. =_=… 어딨니. =_=…

여기저기 구석구석 살펴보기 시작했다. 한참 찾아다니다 굴뚝 비슷한 곳 옆으로 돌았더니 넘이 벌러덩 누워서 눈을 감고 있는 모습이 포착됐다.

깊히 잠들었나??___

옆에서 알짱대는 대도 모르는지 눈을 꾹… 감고 있다.

그래…

차라리 자라. -_- 깨서 날 보면 으르렁 잡아먹으려고 들테니….
┳0┳

입 다물고 있으니-_- 니눔… 한 인물 하는구나!!!-0-!!!! 하긴 그러니 고 인형같이 이쁘장한 아이도 니놈이 좋다고 졸졸 따라당기지…. >_<

어우어우 >_< 속눈썹 봐!!!-0-!!!!

놈의 속눈썹의 길이는 내 두 배는 되어 우아하게 위로 휘어 있었다. 코도 세상 높은 줄 모르고 솟아있구나. -_-

입술은 =_=… 이런 생각하는 거 니놈이 알면 날 갈아먹으려 할

지 몰겠지만 참 쉑시하다. 〉_〈

햇빛이 꽤나 강하게 내리쬐는데도 놈은 아무렇지도 않은지 이뿌게도 잠들어 있다.

얼굴 탈텐데… - _-^ 그리구 요새 자외선이 얼마나 무서운데!!!〉_〈!! 니놈은… 운 좋게 소유하고 있는 그 하얀 피부가 그나마 돋보이게 만들어 주는데 태우면 못쓰지.- _-

은근슬쩍 손바닥을 쫙 펼쳐서 놈의 얼굴 위로 덮어씌웠다.

헤헤~ 이제 어느 정도 햇빛은 가려지는구나. 〉_〈

한 1분 정도 하고 있으려니- _- 팔이 아파온다. ┳0┳…

손가락으로 그림자를 만들어 놈의 눈 주변만 가리니 마치 팬더곰 같다…. 우히히히힛….

212

이것저것 손가락으로 여러 가지 모양의 그림자를 만들어 놈의 얼굴이라는 도화지에 예술작품들을 탄생시켰다. 꼭 내가 행위예술 하는 사람으로 느껴지는 순간이다. - _-

일찌감치 이쪽으로 나갔으면 지금쯤 대학로에서 유명한 사람으로 탄생되어 공연을 하고 있을까?? =_=…

"… 그만해. - _-"

호잇. 〉_〈…

놈은 언제부터 깨어있었는지 눈도 뜨지 않은 채 내게 그만 하라는 명령을 던진다.

"깼어??"

"누가 여기까지 따라오래…?"

놈은 여전히 건방지게 눈도 안 뜨고 −_− 말을 한다.

"… 나 싫다구 수업도 안 듣는데 내가 어떻게 편하게 교실에 있어…. ┳0┳…"

"점심은 잘도 처먹었겠지…."

"그건 −_−^… 그렇지만… 걱정했단 말이야. 〉_〈"

"되도 않는 걱정하지 말고 내려가…. 귀찮아…."

"귀찮게 안 할게. −0−…"

"……"

"같이 내려가자. 〉_〈 응?? 니가 정… 원하면… ┳0┳… 자리 바꿀게. −_−"

"……"

"−_−^…."

"…후~."

놈은 이제서야 두 눈을 벌떡 뜨고 입에 담배를 하나 물곤 난간 쪽으로 터벅터벅 걸어갔다.

굴뚝 쪽에 혼자 뻘쭘히 남겨진 난 =_=… 달리 할 일을 찾지 못하고… 멍하니 놈의 뒷모습을 지켜보다 교실로 되돌아가기로 맘을 먹고 일어섰다.

옥상 문을 삐걱… 열고 나가려는데 넘이 입을 열었다.

"너… 너 대체모야…."

놈이 내게… 정체성에 관해 아직 확고한 해답이 없는 내게… 어려운 질문을 건넨다. −_−

"… 내가 왜 이렇게 혼란스러워야 되는 거냐…."

……

혼란… 스럽다구??

두근… 두근… 두근…

니 놈이 혼란스럽다는데… 난 왜 이렇게 심장이 뛰니…? 그 혼란스러움이 분명 나 때문인 것만은 알 것 같은데… 무슨 말인지는 정확히 모르겠어.

"… 미안해…. 갈게…."

놈에게 달리 할 대답을 찾지 못한 나는 미안하단 바보 같은 말밖에 못하고는 교실로 뛰어 왔다.

넘은 수업 중간에 뒷문을 드르륵 열고는 교실로 들어와 자리에 앉았다.

다들 이상한 눈으로 날 바라보지만 지금은 아무것도 보이지가 않는다. 다만… 내 심장이 심하게 뛰고있는 것만 느껴질 뿐이다.

이현석… 모야…. 대체 모야…. 니놈은 대체 모야…. ㅜ0ㅜ

곧… 수업이 끝나는 종이 울리고 쉬는 시간이 되자마자 희주가… 내가 달려온다.

"마빈아 어디 갔다왔어??"

"… 희주야…. ㅜ0ㅜ…"

"왜 그래. 너 무슨 일 있어??"

"나… 요기가 심하게 뛰어. ㅠ0ㅠ"

하며 내놓을 것 없는 빈약한 가슴근처로 - - 희주의 손바닥을 올려놓았다.

"왜 그래!! 어디 아파??"

"아니. =_=… 어… 아픈 것도 같은데… . =_="

"바보야. >_< 밥 먹은 거 체했나부다…. ┳0┳ 아까 급하게 먹더니만… 양호실 가자!!!"

−_−… 분명 체한 건 아닌데… 희주의 진단에 NO를 외치긴 미안해서−_− 양호실까지 달려가 알약 두 개를 먹고 교실로 돌아왔다.

56

교실로 컴백했으나 여전히 짝꿍놈은 입실 −_−해 있지 않았다.

하긴 지금 니놈이 나타난다면… 내 알 수 없는 심장 떨림으로 교실은 폭파할 지도 모르겠다. −_−

6교시, 7교시 놈은 등장을 하지 않고 종례시간이 되어서야 어슬렁어슬렁 걸어 들어왔다.

얼굴 표정이 너무 어두운 게… 바라보기 조차… 무섭… 다.

종례도 다 끝나고 가방을 툴툴 털고는… 교실을 나서는 놈의 뒷모습을 조용히 바라보는데 _

"송마빈!!!"

하고 택현이 놈이 불러댄다.

갑자기 도둑질하다 들킨 사람처럼 우뚝 놀라서 얼어버렸는데 나가던 짝꿍놈도 날 불러대는 소릴 들었는지… 휙 한번 돌아봤다.

택현이놈 −_−타이밍 한번 죽이게 맞추는구나!!

"왜. −_−"

"나 오늘 니네 집 간다. ^-^"

"우리 집에 왜 와 −_−??"

"수빈이 형이 오랬으니깐. −_−"

"오지맛!! 그런 놈 우리 집에 없더. >_<"

"암튼 이따보자…."

수빈이 놈 −_− 생전 집에는 누굴 불러들이지 않았었는데 어지간히 저놈이랑 친한 사인갑다.

놈과 몇 마디 주고받는 동안 벌써… 짝꿍은 사라져버렸다. 그렇게 가버리면 낼두 분명 내게 화낼텐데…. ㅜ０ㅜ…

오늘 안으로 모든 쑈부 −_−를 보려했던 나의 작은 계획이 사라지는 순간이다.

너털너털…

오늘은 기분이 영… 우울하고… 따운되는 게 집에 가기가 참으로 싫다. 학교 주변을 벌써 세 바퀴나 돌고 있는데 시간은 한 시간밖에 흐르질 않았다…. =_=…

이제 동네 세 바퀴를 돌아볼까나 −_− 하는 마음을 품고 신호등에 섰다.

멍하니… 신호등 건너편을 보고 있는데 건너편 쪽에… 짝꿍놈과 인형이 나란히 서있는 모습이 보였다.

둘이 왜 같이 있지?

……

"언니보다 내가 훨씬 먼저 알았어요…. 훨씬 먼저… 좋아했어요…."

……

전에 내 팔을 잡고 애처로운 눈빛을 하며 말했던 인형의 대사가 생각난다.

그래… 너희 둘은 언제 부턴진 모르겠지만 많은 인연이 있는 사이겠지…. 둘이 있는 게 당연할 수도 있는 거지…. 〉_〈

송마빈 괜히… 너답지 않게 왜 신경 쓰고 그래. =_=…

내게 나다운 -_- 위로의 말을 하고는 고개를 돌렸다.

헌데 내 앞에 -_- 언제부턴지 무섭게 생긴 아저씨가 서있다.

"홋. =_="

"아가씨 껌 좀 사."

"껌이여?? 저 지금 안 씹고 싶은데… ^^;; 헤헤~."

"그래도 사야겠어. 난 지금 이 껌 팔고 싶거든."

"… 그렇게 팔고 싶으세여?? ㅜ0ㅜ 알았어여…."

난 너무나 인상으로 먹어주는 -_- 아저씨에게 내키진 않았지만 쫄았던지라 주머니에서 300원을 꺼내 건넸다.

"홋… 아가씨… 장난하나??"

"왜… 왜요? 〉_〈"

"지금 나한테 얼마 주는 거야?"

"껌값 300원이요…."

"100배로 내."

"헉… 300곱하기100은… 음… 음… 삼만… 삼만 원이요?? 아저씨^^;;; 하하핫… 왜 그러세여. ^^"

"… 나 지금 바쁘니까 빨리 사갔으면 하는데… 어서 어서. ^-^… 좋은 말로 할 때 내고 가~."

… 잘못 걸렸구나…. ㅜ0ㅜ… 이것이 그 티비에서만 보던… 강매라는 거구나….

내가 아무리 부티나게 생겼어도 그렇지… >_< 껌 한 통에 3만 원을 내라니 _

… ㅜ0ㅜ…

주고 싶어도 아저씨 지금은 돈이 없어여…. ㅠ0ㅠ

도움의 눈길을 펼치기 위해 주변을 살살 돌아봤는데… 전방 10미터 안에 아무도 발견되지 않는다…. ㅠ0ㅠ

그 사이에… 신호등은 바뀌고… 다행히도 건너편에서 인형과 건너오는 짝꿍놈이 보인다.

"현석아. >_<…"

57

"현석아. >_<…"

ㅇㅇ…

분명 내가 불러대는 소릴 들었을 텐데… ㅜ0ㅜ 놈은 본 척도 없이 인형을 델고는… 멀리 걸어가 버렸다.

…어흑…

누가 너한테 쌈 해달랬니!!!!!-0-!!!! 삼만 원만 꿔달랬지. -_-

"수작 부리지 말고… 빨리 껌이나 사 아가씨. ^^"

"아저씨… 제가 진짜 지금 돈이 없어여. ㅜ0ㅜ"

"… 그건 아가씨 사정이고…."

"그럼 어쩌란 건가여. 아저씨…. ㅜ0ㅜ…"

"… 몸으로 때워야지…."

"ㅇ_ㅇ… 저… 팔아 먹으실건가여?? ㅜ0ㅜ"

"… 음… 돈이 될만한 인물은 아니니까… 어디 배타고 나가는 쪽
으로 가야겠어…."

-_-… 기왕 팔려가는거면 돈이 될만한 인물이라고 칭찬 좀 해주
면 어때서… 흥!!-_-!!!

아차차 -_-… 지금은 그런 생각 할 때가 아니구나. ㅜ0ㅜ

아직도 상황파악이 참으로 안된 나다.

"… 아저씨… 여기서 5분만 기다려주세여…. 제가… 3만 원 가
지고… 다시 올게여…. ㅠ0ㅠ…"

"내가 뭘 믿고 아가씨를 보내주나. -_-…"

"제 얼굴 봐서 믿어주시면 안 되나여?? ㅜ0ㅜ…"

"… 병신…."

강매쟁이 아저씨에게… 얼굴을 들이밀며 -_-… 믿어달라고 사
정을 해대는데 뒤쪽으로… 익숙한 저음이 들려왔다.

짝꿍놈아!! ﹥_〈!! 와줬구나!!!…

역시 니눔은 돈이 좀 있어 뵈는 게 -_- 부티 난다 했어…. 어서 어서 삼만 원이나 주렴…. ㅜ0ㅜ

"짝꿍아… 나 삼만 원만 꿔죠…. ㅜ0ㅜ"

"뭐?"

"이 아저씨한테… 껌 사야해…. ㅜ0ㅜ"

"… 너 300원도 없냐??"

"300원이 아니라… 3만 원이야…. ㅜ0ㅜ…"

"…껌이 삼만 원?"

"어어…. ㅠ0ㅠ…"

"훗… 먼 껌인데?"

"자일리톨…. ㅜ0ㅜ…"

"… 병신…."

… 하긴… 놈의 병신 소리를 듣고 보니 내가 얼마나 어리석은 대답을 했는지 알겠다. ㅜ0ㅜ

놈의 먼껌인데?? 라는 질문의 뜻은 자이리톨이라고 대답질 하라고 물은 게 아니었을 텐데…. -_-^

"이봐여 껌 장사… 가…. "

"… 이 자식이… 몬데 남의 장사에 감놔라 배놔라야."

"… 가라고…."

"이 새끼가…."

껌쟁이 아저씨는… 왕년에 좀 놀았는지 -_- 꽤나 빠른 손놀림으로 넘의 싸다구 쪽으로 손을 올렸다.

너무나 짧은 순간이었지만 차마 놈이 맞는걸 볼 수가 없어 두 손으로 얼굴을 잽싸게 가렸다.

그치만 -_- 두 손으로 얼굴을 가린 내 손이 민망하게꼬롬 -_- 짝꿍놈은 껌쟁이의 손을 잡아 비틀어 재꼈다. >_<

껌쟁이의 손이… 트위스트과자처럼 되는 순간이다…. -_-

얼~~~~~~~~ 빠른데~~~~~ -_-

"흑… 이 자식아… 놔…."

"… 좋은 말로 했을 때 가면 좋았잖아…."

"노라고… 새끼야…. 흑…."

"셋 셀 동안 꺼져…."

"… 놔야 꺼지지…. -_-"

아저씨도… 꽤나 분위기 파악은 못하는 사람으로 추정된다. -_-

짝꿍놈이 껌쟁이의 손을 휙~ 던지듯이 놓았더니 튕기 듯 저쪽으로 날아가 버렸다. -_-

껌쟁이는 가방 안에 가득 껌이 들었을 것으로 추정되는 커다란 짐가방을 주섬주섬 챙겨댔다.

"그거 놓고 가…."

"…내 밥줄이야. -_-"

"놓고 꺼지라고!!!"

"…씨…."

한순간에 너무도 비참하게 패배를 당한… ㅠoㅠ… 껌쟁이는 커

다란 가방을 놓고 정말로 순식간에 꺼져버렸다. −_−

"… 짝꿍아…."

"… 그따구로 살아서… 어떻게 할래?"

"… ㅠ0ㅠ… 고마어…."

"됐어 가."

"응응…가께…. ㅜ0ㅜ 낼 보자. 〉_〈"

잠깐… 놈의 터프함에 −_− 나도 너무나 쫄아서 꺼지려고 달음박
질치는데…

"야!!!"

"=_= 응??"

"자일리톨 가지고 가라. 훗…."

놈은 −_−

내게 저 커다란 가방을 가지고 가랜다. −_−

나야… 좋지만서도… 무거워 보이는데 −_−^…

넘의 말대로 −_−… 난 커다란 껌가방 −_−을 들고 낑낑대며 집
으로 사라졌다.

쳇−_−

기왕에 줄 선물이면 집까지 좀 배달해 주지….

놈은 멀리 뒤쪽에서 기다리고 있던 인형과 바삐 할 일이 있는지
그대로 사라져버렸다. −0−

'띵동~'

"누구셔?"

"마빈이셔. -_-"

"식충이셔??"

"어어-_-식충이셔. 빨리 문이나 여셔."

"열어줄까?? 말까??"

"재섭써!!-_-!!! 빨리 열어…."

혹시나 해서 휙하니 손잡이를 돌려봤더니 문은 잠겨있지도 않았다. -_-

오빠새끼의 생쑈였구나. ㅜ0ㅜ

집안으로 낑낑대며 껌가방을 들고 들어갔더니-_- 아까 택현이 놈의 말대로 우리 집에 어느새 초대가 되어-_- 쑈파에 널부러져 앉아있다.

223

"언제 왔니 -_-??"

"그거 모냐??… 구질구질한 그 가방."

"껌이닷!!!-0-!!!"

내 말이 헛소린 주 알았는지 두 놈이 어리둥절해 달려와 날 밀쳐내곤 -_- 가방을 열어 재꼈다.

헉!!!-0-!!!

당연히 껌으로 가득차 있을 것으로 추정됐던 가방엔 …ㅜ0ㅜ… 껌이 아니라…

…ㅜ0ㅜ…

아까 그 아저씨 것으로 추정되는 팬티, 신발, 연장 -_-,… 뿐이었다…. 그리고 껌은 단 3통…. ㅜ0ㅜ…

한순간에… 남자팬티나 가지고 다니는… 변태로 낙인 되는 순간이다…. >_<

몰라몰라. >_< 이현석 이 나쁜놈아!!!-0-!!! 그렇게 이걸 날 왜죠…. ㅜ0ㅜ…

"송마빈… 취향… 특이하네??"

"…몰라!!!"

"하하하하… 형… 이 속옷 좀 봐여…."

"봤어. -_-…. 내꺼랑 똑같은 거 같은데… 이거 혹시 내꺼 아니냐??"

"아냐아냐아냐. >_<"

너무나 할말이 없어진 나는 얼굴이 홍당무처럼 빨개져선… 방으로 도망을 갔다…. ㅜ0ㅜ…

으우으우으우…ㅜ0ㅜ…

'똑똑똑'

"누구세여? ㅜ0ㅜ"

"나 택현인데 잠깐 나와봐."

"시러시러. >_<"

"야야… 괜찮아. -_-빨리 열어봐."

괜찮다는 말에 -_- 문을 삐그덕 열었더니 _

샹…

두 놈이 쌍으로 연장 하나, 팬티 하나를 들고 문 앞에 버티고 서 있었다. -_-…

"악!!!!! 머야머야머야… 꺼져. 〉_〈"

"푸하하하하하… 우헤헤헤헤헤… 음트트트트트"

－_－…

가끔씩 저렇게 깨는 행동을 해대는 택현이놈도 이해가 안가고 고등학생이랑 어울려 다니며 즐겁게 살아대는 오빠새끼도 도통 이해가 안 간다…. ┳0┳

사실…

그들에게 더더욱 이해가 안가는 건 나 일 것이다. －_－^

얼굴이 있는 대로 빠알갛게 달아올랐는데 택현이놈이 기특한 소릴 해댄다. －_－

"마빈아… 우리 밥 먹으러 나갈껀데 같이 안 갈래?"

"… 바… 압??+_+…"

"응. －_－"

"배는 조금 고푼데…. 〉_〈"

"가자…."

그렇게 나는… 방금 전까지의 일을 까맣게 잊고는 －_－ 두 놈과 밥을 먹으러 외출을 한다.

밥^0^… 밥^0^…

오빠놈은 나와 택현이를 데리고 인테리어가 영… 갈비집 같지 않은 갈비집으로 이끌었다.

갈비?????

진정으로 오빠새끼가… 미친겔까??－_－ 돈은 먹고 죽을려고 해

도 없는 놈인데… 혹시다 먹고 날 맡긴 채 도망이라도 가는 건 아닐까??-_-

모르겠다!!! 우선은 먹고보자꾸나. ^o^

우리는… 5인분의 갈비를 게눈 감추듯이 깔끔히 해치웠다. =_=… 배에 기름이 동동 뜨는 것이 이런 게 바로 사는 재미가 아닐까 싶다. -_-^

먹는 내내… 계산에 대한 고민으로 가득차 있었는데 꽤 간단하게 오빠 놈이 돈을 내버리고… -_-^ 나의 고민은 쓰잘데기 없는 것으로 던져져 버렸다. =_=

갈비집을 나와 오빠 놈은 택현에게 미친 소릴 지꺼린다.

"택현아… 나 마빈이랑 어디 잠깐 갈 곳이 있으니까 여기서 헤어지자. ^^…"

"네, 형.^^^"

"그래 연락하께…. 가~."

니늄이랑 나랑 둘이서 갈 곳이… 어디더냐. =_=… 혹시… 아까 그 돈 낸 거 도로 뱉으란 건 아니겠지??-_-

58

"… 오빠 나한테 볼 일 있어 -_-??"

"어."

"뭔 -_-??"

"데이트 하자. -_-"

오우… 쉑!!-0-!!!

놈의 입에서 나온 말이 참말 데이트란 단언지 -_- 내 귀가 의심
스럽다.

"모라구??"

"붕아~… 데이트. -_-"

역시 내 귀는 지극히 정상적인 청력을 자랑하지만 -_- 놈의 주
둥이는 문제가 생긴 듯 싶다.

오빠는… 지도 단어선택이 쪼까 부끄러웠는지 -_- 내 목덜미를
꽉 잡고는 어디론가 끌고 헤맸다. -_-

이것이 니가 말하는 데이트란 것의 의미니??

한참을 헤매더니 사람들이 많이 들락거리는 커다란 술집으로 날
델구 들어갔다…. -_-

"여긴… 왜?"

"나랑 술 한번 먹어야지. -_-"

"왜??"

"남매니까. -_-"

"우리가… 남매던가??-_-a"

"맞아야 깨닫지??"

"아냐아냐. >_<… 우린 헨델과 그레텔보다 더 다정한 남매지.
>_<"

오늘… 놈이 참말로 이상시럽다. -_- 생전 안 쓰는 돈을 쓰는 것

227

도 그렇고 툭하면 까버리던 내 머리통도 건들질 않고 있다.

"오빠 나 돈 없다. =_="

"몬소리야."

"술값 없다구. >_<"

"분위기 좀 작작 깨고… 입 좀 다물지??"

"합. >_<"

난 합죽이가 됩시다!! 합!!! 자세를 취하곤 놈의 소원대로 벙어리 모드의 준비 태세를 갖췄다.

맥주 3000cc와 몇 가지 안주… 셀 수도 없는 종합 안주 세트가 나왔다.

228

와우!!!-O-!!

한 잔 두 잔…

놈은 우선 두 잔을 혼자 벌컥 벌컥 들이킨다. -_-

나도 좀 주지 그래 -_-??

"넌 고등학생이니까… 오늘 딱 3잔만 마셔."

"응. =_="

3000cc병 뒤에 드라이아이스 구멍이 뚫려선 연기가 모락모락 나온다…. 그놈 참으로 신기하네. +_+

내 앞에 조명발 최고봉으로 받고 드라이아이스의 특수효과까지 더해져 앉아 있는 송수빈이놈도… 오늘… 좀 생겨 보이네. -_-

난 운도 없게 -_- 엄마를 닮아 이 모양으로 생겨버렸고 오빠는 운 좋게 멋드러진 아빠를 닮아 좀 생겨먹었다.

절대 갈비 따위 때문에 넘어간 건 아니다. -_-

"오빠… 오늘 왜 이렇게 서비스가 굿잡이야??"

"내가 언젠 안 그랬냐??"

"솔직히 오빠도 알면서 몰!!-0-!!"

"… 홋… 그랬나??"

-_-… 이놈이 진짜 미쳤나… 태어나서 한번도 내게 지 잘못 따위는 인정하지 않는 놈인데-_- 살짝 인정하고 있잖아….

"참!!!-0-!!! 오빠 군대가??"

"… 아씹… 엄마한테 비밀로 하라고 했는데 그새 말 하디??"

"핫! ﹥_﹤… 엄마한테 죽었다. ┳0┳말하지 말랬는데…."

"하여간… 우리 엄마 땜에 되는 일 존나 없어. -_-"

"왜… 뭐가…."

"너한테 존나 멋진 오빠로 재 탄생하고 말없이 떠날려고 했는데 다 뽀록 났잖아!!!"

"-_-…."

니놈이 재 탄생을… 한다??-_- 그건 우리가 환생해서 200백만 년 뒤에 다시 만난다해도 절대 이루어질 수 없는 일이다. -_-

"… 오빠… 근데 언제가?"

"곧."

"… 곧이 언젠데??"

"금세. -_-"

"우씨!!!-0-!!!"

"싸나이 가는 길을 묻지 마라. -_-"

"헉. -_-ㅗㅗㅗ"

오빠는 군대로 사라지는걸 들킨 이상 더 이상 재 탄생은 꿈꾸지 않는지 혼자 술만 벌컥벌컥 처마셔댄다. -_-

난 이미 3잔을 다 원샷 해버린 상태라 침만 꼴깍꼴깍 생키고 있는 중이고 -_-… 3000cc를 거의 혼자 다 마셔버린 놈은 1000cc를 하나 더 시켜서 야금야금 먹더니 어느 정도 기분이 좋아졌는지 나가잔다. -_-

뭐야! 맛만… 버렸잖아. >_<

술집 밖으로 나왔더니 살랑살랑 저녁 바람이 기분을 좋게 만든다. 그리고-_-… 어깨 위로… 오빠새끼의 손이 올라오는 게 느껴진다.

느릅느릅 뱀이 올라와도 이 느낌보단 좋을 텐데…. -_-

"… 송마빈… 싫으냐??"

"아니. =_=…"

"우리도 어렸을 땐 존나 사이 좋았잖아… 그치??"

"그랬나??"

"니가 몰라서 그러는건데 너 괴롭혔던 놈들 오빠가 얼마나… 혼내주고 다녔는지 아냐??"

아닌데. -_-… 난 주로 괴롭히는 쪽이라… 괴롭힘을 당한 기억은 없는데…. =_=

"… 정말 그랬어??"

"그럼!!! 송수빈 어렸을 때부터 사나이 중에 사나이였잖냐~."

"켁…."

오빠새끼는 정말로 징그럽게 -_- 내 어깨 위에 손을 올리곤 다정스레 옛 추억을 떠올리고 싶어한다.

그렇지 니놈이 현재 얘기는 할 말이 없겠지. -_-

"… 송마빈…."

"응. =_="

"대답 소리가 작다!! 송마빈!!!"

"네!!!!!-0-!!!!!!"

"오빠 없는 동안… 엄마 아빠한테 잘해라…. 내 비록 -_-… 아들 노릇은 제대로 못했어도 가려니까… 맘에 걸리는 게 존나 많다…. 알았지??"

갑자기… 진지모드로 돌입한 오빠의 말끝에 나도 모르게 마음이 찡해온다.

"대답 안해??"

"응… 알써…."

"… 넌 나 빨리 꺼졌으면 좋겠지?? 그치??"

"아냐. -_-"

"또또 거짓말한다…. 오빠… 너한테도 미안한 거 많은데 쪽팔리네 이런 말…."

"……."

"… 넌… 내 하나뿐인 동생인 것만 명심해라…."

231

오빠새끼의 마지막 말에 울컥… 눈물이 쏟아진다…. ㅜ^ㅜ

떠나는 길에… 사람 완전히 달콤만 말로 유혹해 ㅜ0ㅜ… 변심하게 만드는구나….

"오빠…. ㅜ0ㅜ…"

"… 훗… 감동했지??"

"군대서… 다치지 말구… 오빠도건강하게 다녀와…. ㅜ0ㅜ…"

"그래… 오빠 또 한 건강 하잖냐. ^-^"

"응…. ㅜ0ㅜ…"

첨으로 한 오빠와의 데이트 시간은 그렇게 눈물 한줄기와 함께 마무리 지어졌다.

59

평소에 무심하게 자기 꾸미기에 바쁜 엄마도-_- 오빠의 군입대가 조금의 마음의 동요를 일으켰는지-_- 집으로 들어갔더니 호들갑스럽게 반기며 오빠와 나를 식탁으로 인도했다.

"얘들아~~이것 봐라.)_〈 어서어서 먹으렴."

"우리 밥 먹고 왔어."

오빠는 엄마의 정성을 무참히도 짓밟으며 대답을 한다.

"먹고 왔니??ㅜ0ㅜ…"

"어."

"그럼… 이거 다 어떻게 하니??"

"아빠랑 먹어…."

첨으로 엄마가 가엾게 느껴지는 순간이다. ㅜoㅜ

배가 너무나 불렀지만 난 착한 딸임이 분명하므로…ㅜoㅜ…

"엄마엄마… 내가 먹을게. 냅둬…."

"마빈이가 먹을래??"

"응응. 내가 먹을게."

나의 대답에 오빠는 눈이 휘둥그래지며…

"또 처먹냐?"

"응. =_=… 소화 다 됐어…."

"아우… 암튼 대단해."

정말로 배가 미어질 듯 불러오지만…-_-^… 엄마의 정성을 무

시할 수가 없었다…. ㅜoㅜ…

목구녕까지 아까 먹은 고기가 들쑥날쑥… 기웃거리지만 꼭꼭…

씹으며-_- 하나하나 정성들여 삼켰다…. ㅜoㅜ

'랑가랑가랑가랑가ㅣ ♪'

앗앗 =_=

누군지 모르겠지만 내게 구원의 손길을 뻗는 전화가 울려댄다.

식탁에서 튕기듯이 일어나 전화를 열어 재꼈다.

"여보세여~. 〉_〈"

"… 어디야…?"

오늘 여러모로 −_− 도움이 되는 짝꿍놈의 목소리가 들려왔다.

"응응. 나 집이지.)_ᷓ"

"… 지금 늦었지?"

"10시니까 =_=… 늦으면 늦었다고 할 수 있는 시간이지. −_−"

"… 그렇지…?"

"응. =_=…"

모하자는거니? −_− 시간 물어 볼라고 전화 한 건가??−_−a

"알았다. 셔라…."

곰새 끊을 것처럼 말해대는 말이 들려와 마음이 조급해졌다.

−_−

"야야야야짝꿍아.)_ᷓ"

"…."

"넌 어디니?"

"여기… 여기가 어디냐…. 후~"

술 먹었나 −_−?? 다른 때와 조금 다른 말의 리앙스를 풍겨대는 넘의 말에 움찔했다.

"짝꿍아… 너 술먹었더?? 어딘데 어디야??"

또다시… 조급함을 느끼곤 넘에게 재촉을 하며 물었다.

"… 여기… 니네 집에서 가까운 덴데 잠깐 나올 수 있냐…?"

넘의 말이 끝나기가 무섭게 난 방으로 달려들어가 옷을 갈아입고 있었다.

그리곤 뻔뻔스럽게 −_−

"지금 나오라고??"

"무리지?… 됐다… 자라…."

어우야… 〉_〈 한 번만 더 물어봐라!!!!

"야야야야야야… 나 잠깐 슈퍼 가려던 참인데 기다려봐. ㅡ_ㅡ… 나갈 수 있을 것도 같아…."

"훗… 그래… 그럼 니네집에서 제일 가까운 슈퍼 앞에 있을게. 끊자…."

전화의 끊음 소리가 들리기 무섭게 난 현관 쪽으로 뛰어갔다.

ㅡ_ㅡ

"엄마!!! 나 잠깐만 나갔다 오께…."

"이 시간에 어딜…?"

쾅~☆★

현관문에 살짝 금이 갔을지도 모르게ㅡ_ㅡ 닫고 뛰어나와 버렸다. 〉_〈

… 다다다다다…

한걸음에 집에서 젤로 가까운 슈퍼 앞에 도착을 해버렸다. ㅡ_ㅡ

100m 달리기 대회에서 항상 20초를 넘는 나인데 ㅡ_ㅡ 지금 달려온 속도는 적어도 18초대는 되지 않았나싶다…. ㅡ_ㅡ

얼마나 먹어대고 달렸는지 왼쪽 옆구리가 참으로 땡긴다.

그런데 어딨는 거니? 〉_〈

두리번 두리번… 한참을 놈을 찾아대는데 멀리 담배를 꼬나물고 ㅡ_ㅡ 어슬렁 걸어오고 있는 놈의 모습이 어렴풋이 보였다.

"… 짝꿍아^-^… 하잇!!"

"빨리 왔네…."

"응응=_=… 갑자기 콜라가 너무 먹고싶어서 마구 달려왔더.
〉_〈"

"훗… 그래?"

그러더니 놈은 슈퍼 안으로 들어가 콜라 하나를 사가지곤 '딸
각' 따서 내게 건넸다.

"땡큐땡큐. 〉_〈"

"어…."

참… 어색하다. =_=…

암말 없이-_- 난 콜라만 쭉쭉 빨아댔고 놈은 연이어 담배만 뻑
뻑 펴댄다.

담배 냄새가 은은히 내 쪽으로 풍겨오고 술도 어디서 한잔 얼큰
하게 마시고 왔는지 알콜 냄새가… 간간히 싸~ 하게 풍겼다.

"짝꿍아 술 먹었지? 〉_〈!!!"

"…조금…."

"어우… 냄새나냄새나. 〉_〈"

"그러냐…?"

"응. =_=…"

또다시… 침묵…. -_-

놈의 까대기라도 나오면 덜 어색할 텐데… 오늘은 영 흥미가 안
나나부다. -_-

236

그 와중에도 난 참 영리한 것이-_- 콜라를 다 먹고 쓰레기통에
버리고 나면 넘이 가버릴까봐 홀짝홀짝 아껴먹고 있었다.

"…짝꿍아."

"어…."

"나 콜라 하나 더 먹을까봐. =_=…"

"알았어…."

그러더니 순순히 가게로 다시 들어가 -_- 콜라를 하나 더 사와
내 손에 건네준다.

술 먹더니 이빨 빠진 호랑이 같구나, 니눔. >_<

그나저나 배불러 죽겠는데 ┳0┳… 이거 다 마시고 배가 폭파해
버리면 내 배를 이쁘게 꼬매다오. ㅠ0ㅠ

237

"가자… 데려다 주께…."

… 놈은 아무래도 이 어색함이 너무 싫었던지 다 먹기도 전에 가
자고 날 이끈다.

60

"가자… 데려다주께……."

"… 나 좀만 소화시키고 들어갈래. >_< 콜콰 먹고 아직 트림도
안 했단 말이야. -_-"

"드러워. -_-……"

"응응. >_< 난 드러운 애!!!-0-!!!!"

"훗…."

그렇게 난… 내 자신에게 마이너스점수 -_-를 주면서까지 넘을 붙잡고 싶었다.

놈은 참말로 내 트림이 나올 때까지는 기다려줄 마음인지-_- 저번에 함께 간 적이 있던 공원 속으로 쏙 들어가 버렸다.

벤치에 나란히 앉아-_- 헛기침만 연신 뱉어냈다.

침묵을 깨고… 놈이 먼저 입을 열었다.

"강아지 잘 있냐……?"

"어?? 어어… 잘 있지. ^-^"

"이름 지었어??"

"+_+… 이름??"

"어… 이름."

"응… 짓긴 지었는데 너한테 말해 줄 수 없어. >_<"

"-_-… 몬데??… 혹시 내 이름 갖다 붙였냐??"

"헛. >_<…… 응…. ㅜ0ㅜ……"

"죽는다…."

"응응~ 죽여줘죽여줘. >_<… 그치만 바꿀 수 없어. =_="

"풋… 니 맘대로 해라…."

"응응…. ^0^… 우리 강아지 이름은 현석이. >_<"

"적어도…… 내 이름 까먹을 일은 없겠네."

=_=…

강아지 이름이 니 이름이 아니어도 까먹을 일은 없어. 인정하긴 싫지만… 이유는 알 수 없지만… 그래도 니눔이 내 가슴을 벌렁이 게 해준 첫 번째 사람이니까….

녀석은… 또 한번 주머니를 뒤적거리더니 담배를 꺼내 입에 문다.

"또 피게??"

"담배는 피라고 있는 거 아니냐?"

"끊으라고 있는 걸 수도 있지요. 〉_〈"

"… 말이 되는 소리냐??"

"응응 충분히. ^-^"

내가 그렇게 수고스럽게 설명을 했건만 -_- 놈은 싸그리 무시

한 채 지지직… 라이터로 불을 붙여댔다.

재수탱이. 〉_〈

"어우야!!! 연기 다 나한테 오잖아!!! 간접흡연이 더 나쁜 거야. 〉_〈 난 오래 살고 싶단 말이야…. 오~~~~래~~."

"너 존나 길게 살 운명이야."

"니가 어떻게 알아? 〉_〈"

"니 관상이 그래. 존나 질기게 살게 생겼어…."

"정말?? 정말?"

"어."

"아우~ 다행이다. 〉_〈 …휴…."

아무래도 길게 사실 분 -_-에게 간접흡연질을 하는 게 미안했

던지 -_- 놈은 담배를 꼬나물곤 옆에 있는 의자로 혼자 낼름 옮겨 앉는다.

혼자 넓디넓은 벤치에 남겨진 것이 멀쯤해 =_= 그네 쪽으로 걸어가서 살포시 탑승을 했다. 발 디딤질을 세네 번 해줬더니 그네가 슬슬 흥분하기 시작한다.

야홋!!!! 〉_〈!!!!!!

"짝꿍아!!!!^ㅇ^!!!! 나 대따 잘 타지?? 우와~~~ 신난다. 〉_〈"

어두워서 잘 보이진 않았지만 멀리 앉아서 내 그네 타는 모습을 보고 놈은 얼빠진 듯 한심하게 쳐다보는 듯했다.

아우… 사람 민망하게. -_-…

약 3분 가량 타고 났더니 끈기와 인내심이 없는 나는 -_- 곰새 재미를 잃었다.

다시 놈 앞으로 슬며시 다가가 -_- 뻗치고 섰다.

"… 한군데 좀 가만히 있지?"

"아웅~ 그럴라구. -_-"

"…… 송마빈…… 내가 이 시간에 여기 왜 온 거 같냐…?"

"글쎄??? -a…"

"홋… 그걸… 알면… 니가 아니지……. 그럼 재미없잖아. 그치??"

"…=_=…"

"…… 내가 지금부터 딱 10초만 미친 짓할게…. 내일 아침엔 싸그리 잊는 거야…."

알 수 없는 말을… 하며 놈은… 앞에 어리버리 서있는… 나를,,, 꼬옥… 품속에 넣으며 안아왔다.

…ㅇ_ㅇ….

모야… 모하는 거야.

"…짝꿍아……"

"조용해…."

"……."

"딱 10초만이야…. 10초면 되니까… 암말하지 마…."

……

……

콩닥… 콩닥……

내 심장소리… 니놈에게 들리는 건 아니지? ㅜ0ㅜ… 나 지금 너무 떨리는데…….

241

61

정말이지 딱 10초-_-….

정확히 딱 10초를 품속에 날 넣고 있던 녀석은 날 밀어 재꼈다.

어우야!!!!

뒤로 넘어질뻔 했잖아. >_<

"집에 가라. 데려다 줄게……."

"아… 응… 가야지…. 집에 가야지. >_<"

"얼굴 빨개졌다. 복귀 시켜라."

"어??-///-… 어어… 복귀시켜야지. >_<"

어리버리-_-…

어쩔줄 몰라하는 내 팔목을 턱!! 하니 잡더니 녀석은 날 끌고 앞장선다.

"야… 팔 아파. >_<… 좀 살살 잡아 땡겨."

"…… 아프냐??"

"어응. >_<…"

"그럼 놔. 누가 내 손 잡으래?"

"아니지아니지!!! >_< !!!니, 니가 잡은 거지!!!"

"이 바보가… 사람 잡네?"

"쳇쳇… 놔놔!!"

그렇게 울컥 억울한 마음이 드는 나는 녀석에게 잡힌 팔뚝을 휑~!!! 뿌리쳤다. =_=…

그냥 모른 척 잡고 있을걸 그랬나? -_-a……

둘을 연결하고 있던 연결쇠를 풀고 나니-_- 더더욱 어색한 기운이 맴돈다.

은근 슬쩍 다시 넘의 손에 내 팔뚝을 끼워넣어 줄려고 했더니 이미 넘의 두 손은 주머니 속으로 홀인 되어 있었다. -_-

어우어우어우… >_< 민망해랏.

송마빈… 은근히 음흉하단 말이얏. >_<

"짝꿍아~ 우리 집에 다 왔다. ^0^"

"어…… 다 왔네……. 들어가라."

"응응… >_< 짝꿍아 잘 가. 내일 보자."

"…… 어…… 보기 싫어도 보게 될 거다."

"-_-^… 빨리 가랏!!"

"가지 말래도 갈 거다. 굿바이 호박.-_-"

"어우야!!"

질책의 소리를 질러봤자 -_- 놈은 이미 저만치 사라진 상태다.

골목길에서 넘의 모습이 완전히 사라질 때까지 지켜보다가 대문을 열고 들어섰다.

어우-//////-…

부끄러워. >_<

간신히 복귀시켰던 얼굴이 다시금 빨개오고 심장이 재발작 해댄다.

콩닥콩닥콩닥. >_<

내일 어떻게 니눔 얼굴을 보니!! >_<!!!

…… 아니지. -_-……

뭐든 하루이상을 기억해내지 못하는 내가 다행이라는 생각이 드는 순간이다. -_-

역시 사람이 죽으란 법은 없나부다. -_-

집으로 들어갔더니 이미 온통 검은 조명 뿐인 것이 다들 꿈나

라로 빠졌나부다.

삐걱 오빠의 방문을 열고 들어갔다.

"…… 오빠 모해??"

"야!!!! 씹!!!!!! 노크 하고 들어와!!"

"엥?? 웬 노크? >_< 오빠야 뭐하고 있었는데??"

"예술 감상중이었다. -_-"

"예술?? 무슨 예술?"

"아름다운 인간의 육체에 대해 탐구중이시다."

알 수 없는 육체 탐구가 몬지 몰라 오빠 놈이 앉아 있던 컴퓨터 책상에 가까이 다가갔더니-_-…… 모니터 속엔 온통 자신만을 바라봐 주길 원하듯 -_- 글래머스한 여자들 사진뿐이다.

"아으!! 변태!!"

"…… 변태라니!!!!! 남자는 이쁜 여자의 육체를 감상해줄 권리 가 있고 의무가 있는 거다. -_-"

"쳇쳇…… 징그러. >_<!!"

더 이상 변태오빠와 말하기가 싫어져-_- 방에서 튀어 나왔다.

사실은 오빠새끼가 뻥하니 발길질을 해대서-_- 팅겨져 나왔 다. ┳0┳…..

나도 궁금하긴 한데-_-…… 좀 보게 냅두지. -_-

모든…… 남자의 권리와 의무??

짝꿍 니놈도 저런 거 보니??

우띠…… ┳0┳ 싫어싫어!!!-0-!!!!

244

62

어제 짝꿍놈과의 불미스런 일 때문인지 -_- 학교에 가기가 어쩐지 부끄럽다. =_=……

뭐든 까먹기가 주특기인 나라도 이성적으론 밝게 티였는지 도무지 잊혀지지가 않는다.

그치만 피한다고 다가 아니잖아. >_< 생전 보지 않던 불필요한 사물…… 거울도 오늘은 3번이나 봐줬다.

후…… 볼 때마다 느끼는 거지만…… 뉘집 딸인지 참으로 알차게 -_- 생겼단 말이야. >_<

"거울아~ 거울아~ 이 세상에서 누가 제일 이쁘니 >_<!!"

마치 거울에 달린 입이 벙긋거리며 _

"바로~너!!"

라고 대답해 주는 것만 같다.

아우!! 우리 거울 사람 볼 줄 아는구나. >_<

"야…… 너 거울 앞에서 모하냐??"

참으로 분위기 여러모로 깨는 울 오빠 -_-…

"내 얼굴 감상중이시닷!!"

"거울 깨진다. 어서 학교로 꺼져라. -_-"

"쳇…… 그렇게 밤새 글래머만 감상하시니 나같이 청순가련형이 눈에 들어오겠어?"

"무슨 소리니?"

 245

화장에 열심인 엄마가 ㅡ_ㅡ 오빠와의 대화를 들었는지 글래머의 정체에 대해 물어왔다.

우히히힛…… 일러버려??

"엄마~~있잖아~~~ 오빠가…… 어제~~흡◉_◉"

…… ┳0┳……

내가 생각해도 야비했던 짓에 대한 응징이 바로 날라왔다.

ㅠ0ㅠ……

새끼는 밥을 먹다 말고┳0┳ 간장 종지로 내 입을 틀어막아 버렸다.

개늠…… ┳0┳..

"빨리 학교로 꺼져라."

"읍… 읍… 아… 아… 드… 이… 가…… 나…… 방……."

(해석ㅡ)알았으니까 이것 좀 놔봐.ㅡ_ㅡ)

그제서야 개늠은 간장 종지에서 내 입을 해방ㅡ_ㅡ시켜주곤 현관문을 활짝 열어 재껴 내 엉덩이를 발로 까버렸다. ┳0┳……

썩… 유쾌하지 않은 오빠와의 아침전쟁을 치르고 학교로 향했다.

"Hey~Girl~"

=_=……

뒤를 돌아봤더니 택현이 놈이 저 멀리서 날 발견하고는 불러댄다.

헤이… 걸이라고? ㅡ_ㅡ....

"하이. – _ –"

"오늘은 일찍 오네?"

"늘…… 일찍 가신닷!!– _ –!!"

"왜 입이 그렇게 나왔어."

"입에 사탕 물었다!!– _ –!!"

"풉……."

놈과 별말 없이 앞만 응시하며 등교질을 해대는데 뒤에서 또
한 명이 등장을 한다.

"택현 오빠~."

인형이구나…….

인형은 택현이와 가고 있는 날 한번 째려보고는 – _ – 택현이놈
옆에 엿가락 마냥 딱 붙었다.

인형아 ㅜ0ㅜ……

내가 뭘 잘못 했길래 그렇게 째려보니? ㅠ0ㅠ…… 언니 나쁜
사람 아니란다. >_<

올라오는 억울함을 누르곤 내 주특기인 뻔뻔함을 내보이며 인
사를 했다.

"안녕. ^–^"

"네…… 안녕하세여. – _ –"

"응…… 요새 자주 보네. ^–^"

"그렇네여. – _ –…"

기지배– _ – 앙칼지긴…… >_<

이쁜애가 그러니까 내 봐 주는거야. ㅜ0ㅜ……

"하핫…… 택현아 나 먼저 가볼게. ^-^ 천천히 와……."

둘을 놓고는 먼저 경보걸음으로 앞서서 ㅋ 자릴 빠져나왔다.

한참 걷다가 뒤를 돌아봤더니-_- 그 자리가 그 자리다. ㅜ0ㅜ

나름대로 빨리 걷는다고 걸었는데 고작 몇 발자국 앞서서 걷고 있는 날 저들은 어떻게 생각할까? ㅜ0ㅜ……

"… 마빈아… 아직도 그 자리네. 푸하…… 더 빨리 걸어야 먼저 도착하지 않을까????"

ㅠ0ㅠ…… 나쁜 놈 그냥 모른척하지……. 그걸 지적해내니…… ㅜ0ㅜ

"…… 저기 언니!"

어느새 날 따라잡은 인형이 말을 걸어왔다.

"응?…… 왜 그러니……? ㅜ0ㅜ"

"…… 이따 수업 끝나고 저 좀 만나주심 안 되여?"

"…… 날?"

"…… 네……."

"아…… 그럴까??-_-a 근데…… 왜?"

"할 말이 있어요……."

"아아…… 그러럼. ^-^;;; 이따가 끝나고 만나자……."

"제가 언니네 교실로 가게요."

"응응…… 그래……."

그렇게 대답을 하곤 결국-_- 택현이놈과 같은 라인으로 나란히 걸어 교실로 도착을 했다. -_-…

63

교실로 낼름 들어갔더니 이미 도착을 해서는 엎드려있는 짝꿍 놈이 보인다.

난 유치하게도-_- 내가 왔음을 알리기 위해 의자를 거칠게 잡아 빼곤 앉았다.

-_-…

그래도 여전히 잠에 빠져있는 녀석은 조금의 움직임에 동요가 없다.

"…… 마빈이가 왔네요~~오호호호."

-_-…

이런 식으로 까지는 하고 싶지 않았지만 어쨌든 넘에게 나의 존재를 확인시키기에 급했다. ㅋㅋ

그제서야 부시시 일어나 눈을 뜨곤 날 한번 바라보고 또다시 엎드려 잠에 빠져들어 버리는 놈이…… 야속하다…. ㅜ0ㅜ……

놈을 실컷 씹어주다가 -_- 또다시 어제 일이 상기가 되어 얼굴이 울긋불긋 화끈대기 시작한다.

어웃>_<

녀석은 1교시, 2교시, 3교시를 잠에서 헤어나지 못하고 곯아떨어져 4교시가 되어서야 일어났다.

"…… 지금 몇 시냐?"

"12시. -_-"

"… 많이 잤네……."

"응… 너 엄청 잤어. -_-"

"야… 좀 깨우지. 혼자 수업 들으니까 좋냐?? 1등 안 하면 디질 주 알어."

"-_-…… 사실…… 깨어있다고 수업을 듣는 건 아니지."

"그런가?"

"응 -_-;…"

"하긴…… 내가 공부는 안 해도 너 땜에 안심이다."

"왜 -_-?"

"니가 내 뒤에 항상 있으니까 꼴등은 안 할거 아니냐. -_- 계속 내가 졸업하는 날까지 멍청히 살아다오."

놈은 그럴싸한 이론을 앞세워-_- 날 희롱해댔다.

근데…… 모야. 어제 일 아무렇지도 않은 거야?? 아님…… 술이 취해서 기억이 안 나는 거야? ㅜ0ㅜ……

내일부터 싸그리 잊으라고 했던 놈은 참말로 싸그리 잊었는지 더더욱…… 정감 있는 욕설로 내게 다가온다.

젠장-_-…… 어쨌든…… 니놈 덕분에 내 심장새끼의 발작은 더더욱 악화되었으니 이담에 터져버리면……ㅜ0ㅜ…… 병문안 이나 와다오.

점심시간 종이 치자 놈은 쏜살같이 구겨진 교복을 정리하고 밖으로 나가려 한다.

　한번도 놈이 도시락 따위를 싸온 걸 본적이 없는데 맨날 이 시간에 어딜 가는 걸까??

　"어디가?"

　"왜 궁금한데?"

　"짝꿍이 밥 먹는 꼴을 한번도 못 봐서 물어봤다!!!-_-!!!

　너 혹시…… 점심시간마다 수돗물로 배를 채우는 건 아니니?? ㅜ0ㅜ"

　"지 같은 생각만 한다……."

　"어디 가는데!!"

　"집에……."

　"점심시간마다 집엘가??… 헉……."

　"어……."

　"왜??"

　"우리 엄마 보고싶어서. -_-"

　"켁……."

　"간다. -_- 늘상 맛있게 먹겠지만 더더욱 맛있게 먹고 뱃살이나 축적해라. -_- 그래야 고급 삼겹살로 팔려 갈테니."

　"얏!!!!"

　넘은 끝까지 재섭는 말을 남기곤 -_- 참말로 엄마를 보러 가는지는 알 수 없지만 교실을 빠져나가 버렸다. -_-

251

64

점심시간이 거의 끝날 무렵 _

놈은 손에 무언갈 덜렁덜렁 들고 입장했다.

나의 무서운 예지력-_-으론 분명 먹을 거 같은데……

"그거 모니-_-? 짝꿍아?"

"사료.-_-"

"사료?◉_◉…… 흠-_-a…… 어쨌든 돌려 말하면 먹을 꺼 니?"

"훗…… 그래 먹을 거다."

"정확히 먹을 거 몬데?? 종목을 말해봐. -_-"

"…… 몰까요-_-…… 몰까요??……"

새끼는-_- 치사하게 먹을 거 하나 가지고 어울리지 않게 약을 올려댄다. 그런다고 내가 약 오를꺼 같니?

…… 사실 무지 약올라. ┬0┬…… 몬지 힌트만 좀 주렴. -_-^

"어우야. 〉_〈 몬데몬데!!"

"…… 닭꼬치-_- 말도 안 되는 쌩구라 광천수 닭꼬치!! -_-"

"정말+_+?…… 둘이 먹다가 하나가 자살해도 모른다던 그 닭 꼬치니?"

"어. -_-"

"아우 〉_〈…… 일루와봐봐. 내가 제대로 양념이 배었는지 맛보 고 말해줄게. 〉_〈

"훗… 가져가서 먹어. 너 줄라고 외상으로 사온 거니까. –_–"

"외상–_–a?…… 잠깐만 생각 좀 해보고…….."

"…… 농담이야. –_–… 먹어……."

놈은 그렇게–_– 내가 세상에서 엄마 아빠 담으로 좋아하는 닭꼬치를 남겨두곤 잠시 자리를 비웠다.

어머 〉_〈 10개나 있잖아.

처음엔 다 먹을 수 있겠지 하는 마음으로 허겁지겁 먹어댔는데 3개가 넘어서니 –_–…… 질려온다.

어쩔 수 없지. –_–

"희주야 –_–… 일루와서 이거 먹어랏!"

"… 몬데?"

"닭꼬치. –_–"

"……배불러. ^–^…… 너 많이 먹어. ^0^"

저논이–_–^? 니가 니가 니가 배가 불렀구나. –_– 줘도 싫다네?? 아직도 아프카니스탄에는 하루도 굶어주는 사람이 얼마나 되는데…… 그렇게 한순간에 짐이 되어버린 닭꼬치를 책상에 쪽…… 나열해 놓고–_– 이놈들은 어찌 해결해야하나…… 나름대로 고민에 휩싸였다.

"거…… 모냐?"

마침–_– 뒷문을 열고 농구공을 튀기며 소란스럽게 들어온 택현이 녀석이 다가와 닭꼬치를 쳐다보곤 질문을 해댄다.

다 알면서…… 물어보긴. –_–

넌 임마 〉_〈 초등학교 때 자주 해대던 "한입만ㅜ0ㅜ"이 대사
보다 더욱 치사해 보여 지금. ……ㅋㅋ

"닭꼬치닷. -_-"

"…… 이야 이거 그 아저씨꺼네? 광천수 아저씨……."

"헉+_+… 야야야야…… 너도 그집 알아?? 대따 맛나징. 〉_〈"

이 세상에…… 그 아저씨 말에 속아넘어간 사람은 나뿐일 주
알았는데-_- 이놈도 속아서 반해 있었는갑다.

"…… 존나 많네-_-…… 7개 혼자 먹기 벅찰 텐데……."

"사실 3개 먹었는데 내 위장이 많이 쫄았나 봐…. ㅜ0ㅜ……
배 불러."

"그럼 오빠가 3개만 먹어줄게. -_-"

"그럴래??⌒0⌒"

"오케바리!!!"

택현이는…… 어렸을 때 우리 오빠가 둥근 뻥튀기로 토끼를
만들어준다며 다 뺏어먹은 것과 비슷한 수작으로 내 닭꼬치를 교
묘하게 획득해갔다.

"꺼억~~~~~ 잘 먹었다. ^-^ 담에도 배불러 남는 닭꼬치 있
으면 언제든지 콜해. ^-^"

"응. -_-…… 알떠."

다 먹고…… 불쌍하게 앙상한 모습을 들어낸 꼬치기둥을 들
고…… 칼싸움질을 하며 물러났다.

유치하긴-_-…

이제 세 개닷…… 남은 목표 세 개. >_<…

한 10분 정도 지나고 나니-_- 배가…… 꺼진 것 같은 느낌이 들어 다시 한 개를 손에 쥐었다.

우히히힛…….

짝꿍놈…… 가만히 보면 참으로 기특하단 말야. >_<…… 가끔씩-_- 뜻하지 않은 선물질도 할 줄 알고…….

니늠…… 가만히 보면 애가 싹수가 참 있어. ㅋㅋ

65

무리한 점심시간의 섭취 때문인지…… 비실비실…… 5교시, 6교시를 어떻게 보냈는지도 모르게 지나갔다.

아차차차차……

아까 아침에 인형이 좀 보자 했는데…… 대체 내게 무슨 말을 하려고 하는 걸까? -_-a

혹시…… 까진 애들 데려다가 날 디지게 패는 건 아니겠지? ㅠ0ㅠ……

아니지아니지. -_- 맞을 이유가 없잖아??

아무렴…… 내가 좀 세상을 긍정적으로 눈치 없이 살아서 그렇지-_- 남에게 해대는 짓은 별로 하지 않잖아.

종례를 마치고 뒷문을 드르륵 열고 나갔더니 역시나 빠른 인형은 안그래도 큰 눈을 땡그랗게 뜨고 날 기다리고 있었다.

"······ 오래 기다렸니?^^;;"

"아니여······."

"······ 응······ 다행이다. ^^ 할말이······ 모니??"

"어디 가서 얘기해요."

"······ 아······ 응······ 그래. 어디로 갈까??"

"따라오세요."

당돌한데? -_-······

이뿌다이뿌다 했더니······ 맹랑하기 그지없는 이뿐이는 날 뒤에 세우곤 어디론가 걸어간다.

한참을 걷다 도착한 곳은 저번에 짝꿍놈이 아파서 병원에 갔다가 들렀던 레스또랑이었다.

알고보니-_- 전에 이곳의 사장으로 보였던 그 아찌가 인형의 오빠였는갑다.

나의 예리한 추리력으론 그렇다. -_-

전에 앉았던 그 자리······ 같은 곳에 우린 나란히 자리를 잡았고 _

"······ 여기 다시 봐도 너무 이뿌다. ^^"

"······ 네. 우리 오빠가 직접 인테리어 한거예요."

"아······ 그래?? 대단하다. ^-^"

"······ 언니······."

"응 +_+?"

"······ 언니 현석이 오빠 좋아해요?······"

"헛…… 짝꿍놈??…… 저기……."

내가…… 짝꿍을…… 좋아한다.

글쎄? -_-a..

늘-_- 먹고사는 게 바빠서…… 한번도 누군가를 좋아해 본적이 없는 내가…… 요새 그놈을 향해 알 수 없는 떨림을 느낀다면 그게…… 좋아하는 거니??

나도 도통 알 수가 없구나. ┬0┬……

"솔직히 말해주세요……."

"…… 저기…… 그게 나도 아리송해. ┬0┬……"

"그럼 맞네요……. 알 수 없는 거…… 그게 좋아하는 거 아니에요?"

"그런거니??"

"네. -_-"

"그런 건가? 그치만……."

"만약 좋아하는 거라면 하지 마세요. 오빠… 좋아하지 마세요."

=_=……

너무 떳떳하고 당돌한 인형의 말에 놀라 멍하니 앞만 바라보고 있었다.

"오빠는요…… 현석이 오빠는 원래부터 날 좋아했어요. 앞으로도 그럴꺼예요. 잠깐…… 힘들어서 잊고있는 거예요……."

"아…… 그래."

놈이 힘든 일이 뭔지는 알 수 없지만 듣고있자니 또 인형의 말이 맞는 것도 같았다. -_-

"오빠 현수 일만 잊혀지면 저한테 다시 올꺼예요. 흑……."

말을 하다말고 인형의 큰 눈에서 눈물이 쭈욱 굴러떨어진다.

…… +_+……

당황스러워…… 어쩔 줄 몰라하며 옆에 있는 티슈를 건넸다.

"현석이 오빠 많이 힘들어해요……. 내가 옆에 있어주고 싶다구요."

"…… 그…… 그래."

현수…… 현수…… 현수? 어디서 많이 들어봤는데 용량이 택도없이 부족한 나는 안 돌아가는 머리를 굴려가며 그 이름의 행방에 대해 추적을 하기 시작했다.

현수…… 현수…… 이현수?

!!!!!!!+_+!!!!!!

기억났다!!! 전에 택현이하고 서해에 갔을 때 녀석이 바닷가에 크게 새겨 넣었던 이름인데?…… 그래 맞아!! 분명 그 이름이야…….

66

이현수…… 이현수……

내 기억이 맞다면… 그 아이는 대체 누구지??

내 앞에서 한없이 슬프게 우는 인형을 가만히 바라보다가……

"…… 그 현수란 아이…… 택현이랑도 관계 있니?"

라고 물었다.

"네… 택현이 오빠가 사랑했던 아이에요."

"아… 그래……."

택현이의 애인…… 현석이를 슬프게 하는 인물…… 나름대로 안 굴러가는 머리를 굴려가며 열심히…… 추리 해 나갔다.

현수…… 택현…… 현석…… 니들은 삼각관계인 거니-_-??

흠 -_-a……

그럼 내 앞에 앉아서 짝꿍놈의 애인 인냥 말해대는 인형 너는 뭐니……? ┳0┳……

꼽사리?? 깍뚜기? -_- …… 사각관계??

그럼 난 -_-??

난… 나는…… 그럴싸하게 깍뚜기 two라고 해두자. -_-

인형이 뭔가 시원스럽게 얘기 해주기를 바랬지만 이 아이가 날 불러낸 목적은 그게 아니었으니 뭐라 묻기도 참으로 뭐했다.

"언니…… 제 말 무슨 소린 지 알죠?? 언니 똑똑해 보이니까…… 다 알아들었을 거예요. 제 말대로…… 제 부탁대로 해주세요……."

내가…… 참말로 똑똑해 보이니?? >_< 그런 소릴 태어나서 처음으로 들어본다 얘. -_-

아차차차… 지금은…… 그럴 생각할 때가 아니지. -_-

인형은 지금 내게…… 짝꿍놈에게서 떨어져 나가라……. 반 협박을 하고 있는 것이다.

그치만 _

나도 짝꿍놈이…… 좋은 걸. ┬0┬…… 보기만 해도 떨리는 걸. ┬┬0┬┬……

"대답해 주세요 네?? 언니…… 제가 부탁해요. 약속해 주세요."

너무나 애절하게 말하는 이 아이의 눈빛을 피하기가 어렵다.

┬┬0┬┬……

아띠~ 난 너무 착해서 탈이란 말이지. ┬0┬……

"내가 현석이 안 좋아하면 되는 거니?"

"네."

"그래? 노력해 볼게."

"네!! 고마워요 언니……. 여기서 밥 먹고 가세요…….."

"아냐. 나 가볼게. ^^"

내가…… 밥을 마다한걸 보니 내 마음속이 지금…… 많이 혼란스럽긴 한가부다.

집에 가는 내내 셋의 관계에 대해 생각을 했지만-_- 결론은 나지 않았다.

…… 오빠……

수빈이 오빠??

그래!! 오빠한테 물어보면 되겠구나!!!

그때부터 난 달리기 시작했다.

'띵동띵동'

"문 열렸다…… 기어 들어와라."

"오빠~!!!!"

문을 박차고 들어가 오빠 앞에 자리를 잡고 앉았다.

"왜 그러는거냐 너? -_- 쏠려 절루 면상 치워."

"오빠…… 나 태어나서 아기가 어떻게 태어나는지 담으로 궁금한 게 생겨버렸어."

"-_-…… 차라리 그걸 물어라. 내가 자세히 설명해 줄테니……."

"오빠, 꼭 얘기해준다고 약속해. ㅜ0ㅜ……"

"-_-…… 몬데?"

"얘기 해줄 꺼지?? 약속약속. 〉_〈!!"

"오뎅 같은 손가락 절루 안 치워?"

"치울게. 치울게. 오빠 얘기해 줘."

하며…… 난 급한 마음에 지갑을 열어 만 원짜리를 놈에게 건넸다.

"아~ 씨 내가 그지 새끼냐?"

"미얀…… 내가 너무 급한 마음에……."

하며 만 원짜리를 다시 지갑 속에 넣으려고 하니 놈은 내 지갑을 통채로 앗아가 버렸다.

그래 좋다!!! 다 가져라!!! 궁금한 것만 말해다오.

67

　　지갑을 열고 룰루랄라 신나 하는 오빠를 앞에 두고 천천히 물었다.

　　"오빠…… 오빠 현수라는 애 알아?"

　　……

　　지갑을 부둥켜 안고 마냥 좋아하던 오빠는 내 질문이 끝나자 날 뚫어져라 바라보며 얼굴이 굳어 버렸다.

　　"…… 어디까지 듣고 온 거야. 현수 얘기는 어디서 들었는데……?"

　　"그냥 여기저기서 들었어. 오빠…… 아는 사람이지 그치?"

　　"…… 몰라. 지갑 가지고 가. 난 할말 없어……."

　　"오빠 알잖아. >_< 알잖아 알잖아…… 말해 줘……. 나한텐 중요한 일이야. 응?"

　　"… 현수……."

　　"응…… 현수현수……."

　　"죽었어……. 죽은 애 얘기…… 우리가 함부로 떠들 일이 아니야……. 그냥 모른 척 덮어두고 살아라."

　　그 말만 남기고 방으로 쏙 들어가 버렸다.

　　오빠가 들어가 버리고 거실에 홀로 남겨진 나는 온몸에 소름이 쪽…… 돋아 버렸다.

　　심장도…… 조심스럽게…… 쿵쿵…… 뛰기 시작한다.

죽은…… 아이……

죽은 사람을 두고…… 아이들이 얽혀 있던 거였어.

현석이가 가끔씩 슬퍼하는 시간-_- 을 가지며…… 알 수 없는 모습을 보였던 것도…… 그 현수란 아이 때문이었단 걸 난 직감적으로 느낄 수 있었다.

멍하니…… 거실에 앉아 있는데…… 핸드폰이 울린다.

"여보세여……."

"모하냐 치타!"

혼란스럽게 머리를 가득 채우고 있는데 녀석의 목소리가 들려온다.

"……그냥 있어……."

"치타? 목소리가 왜 그래?"

"…… 피곤해서……."

"어디…… 아픈 거야?"

"아니…… 아픈 거 아니야. 나 건강한 거 알잖아. ^^"

"그건 익히 알고 있다. -_- 그럼 쉬어라!!"

"…… 현석아!!"

"왜?"

"아니야. 내일 보자. ^-^"

"보기 싫어도 볼 거다 후훗…… 끊는다!!"

……

끊긴 전화를 멍하니 바라보는데 문득 전에 녀석이 학교로 불러 축하를 해주던 케익이 생각이 났다.

초 17개……

내 동생 생일이다. 축하해라…….

끝까지 나타나지 않았던 생일의 주인공……

현수…… 이현수…… 이현석……

혹시…… 둘이…… 남매?

끊임없이 꼬리를 물고 추리되어지는 것들이 딱딱 맞아떨어지고 있다.

내가 감히 헤아릴 수 없는 동생을 잃은 슬픔 그리고 가끔……
아주 가끔씩 알 수 없는 모습을 보이는 택현이 _

사랑하는 사람을 잃은 슬픔……

사랑하는 사람을 잃은 슬픔……

그렇담 현석이는 왜 그렇게 택현이를 미워하는 거지……?

그 죽음이 택현이와 관계가 있는 걸 수도 있다는 새로운 궁금증이 탄생해버렸다.

68

내일 바로 지구가 멸망한다 하여도 -_- 난 한 그릇의 밥을 말아먹고 마는 아이인데……. ㅜ0ㅜ

저녁식사도 영 구미가 당기지 않고…… 잠도 오질 않는다.

구질구질 꾸겨진 연습장을 책상에 펴놓고 무언가를 끄적이기 시작했다.

264

이현수……

이현석……

정택현……

세 이름을 나열해놓고 나름대로 화살표- _ -를 그려가며 추리
에 추리를 해댔지만…… 현석이와 택현이의 관계는 쉽사리 알 수
가 없었다.

"마빈아~~~~ 좀 나와봐라~~~"

= _ =……

하여간 분위기 파악 못하고 호들갑스럽게 불러대는 엄마는 걱
정을 안 할래야 안 할 수가 없는 사람이시다. - _ -

웬일이니 웬일이니. - _ -

"왜= _ =……."

거실엔…… 참으로 얼굴 뵙기가 어려우신- _ - 아빠와 호화스
런 엄마와 재섭는 오빠가 둥근 탁자를 가운데 두고 오손도손 담
소를 나누고 있었다.

저런 경우는 딱 두 가지로 요약을 할 수가 있는데 하나는 아빠
의 주식표에 빨간 상승표가 줄기차게 솟아있을 때와 - _ - 다른 하
나는 집안에 큰 행사가 있을 경우에 회의를 한다는 말도 안되는
타이틀로 모일 때 이루어지는 현상이다.

"오늘 몬일 있어- _ -?"

"일루와서 앉아봐."

"네. - _ -"

셋이 너무나 오손도손 붙어 앉아서 내 자리라곤 없었지만 -_- 비집고 들어가 아빠 옆에 앉았다.

"무슨 일인데? =_="

"내일 오빠 군대 가는데 방에 그렇게 콕 박혀서 모하는 거니!!!"

…… 벌써?……

간다는 건 알았지만…… 이렇게 빨리 가는 줄은 몰랐다.

"오빠…… 정말 내일 가?"

"어."

"모야…… 왜 벌써 가……?"

"너만 모른거지. -_-"

"그런가? ㅠ0ㅠ… 어웅… 정말 가는 거야?? 서운해서운해 오빠 ㅜ0ㅜ……"

"근데 왜 얼굴엔 화색이 도냐? -_-"

"-///-…… 어우!!! 아니야!!! 슬프단 말이지……."

"-_-…… 그렇겠지……."

"응웅……. ㅜ0ㅜ……"

생각보다 빨리 다가온 자유의 날이 -_- 도무지 믿기지가 않는다.

"수빈아 내일 아침에 엄마랑 같이 가는 거지?"

"아뇨, 오지마세요. 친구들하고 가기로 했어요……."

"어머…… 그러니? 다행이다. 엄마 내일 산악 동반회랑 겹쳐서 어쩌나 걱정했는데……."

"- _ ……. 다행이네요……."

"그래, 역시 우리 아들은 엄마랑 필이 통한다니까. 〉_〈"

"- _ 네……."

그럼…… 나도 내일 그냥 학교에 가면 되는 거야??- _ 이 기회를 통해서 살짝 결석을 해볼까 했던 빠른 두뇌회전이 쓸모가 없어지는 순간이다. ┬0┬……

그렇게- _ 썰렁하게 가족회의 비슷한 것은 끝나버리고 무정하기 그지없는 식구들은 각자의 방으로 사라졌다. - _

아무리 그래도 장남이 군대에 간다는데…… 이거 집안 분위기 너무 깔끔한 거 아니야 - _ ??

그러면서- _ 바나나를 한 개 입에 물고 나 역시 방으로 들어가 버렸다.

'똑똑'

…… 우리 집에 노크 따위를 해대는 예의 바른 사람은 아빠 한 사람 뿐인데…….

아빠의 방문이 너무나 반가워서 폴짝 뛰어가 방문을 열고는 버럭 안겼다.

"아…… 씨…… 모야…… 떨어져……."

- _ …….

아빠가…… 아니고…… 너구나. - _ …… 그 이름도 싸가지 없는 송수빈.

"왜!!"

"…… 내가 군대 간다니까 그렇게 슬프냐? 아니면 감사의 표현
이냐?"

"아빠 주 알았어!!!!! 나가나가나가. >_<"

"훗…… 있으래도 나갈꺼다."

하며 놈은 내 방 안으로 발을 들여놓고는 여기저기 기분 나쁘
게 훑어댄다.

-_- 모하는거야……?

그러곤 침대에 털석 주저앉아선 _

"편지 쓰면 뒤진다. -_-"

라고…… 어이없는 소리를 해댄다.

생각지도 않은 걸 지 혼자 앞서가고 있네…… . -_-

"쳇…… !! 내 사진 덕지덕지 붙여서 맨날맨날 쓸꺼다 모…….

"디져!!! 몽따 다 반송시킬꺼야……. 병장이 니 사진 보면……
나 영창 보낼지도 몰라!"

"-_- 재섭써!!! 나가나가나가!!!"

"내일부터 보고 싶어도 못 볼텐데…… 이거 대우가 너무 야박
한 거 아니냐?"

내일부터 보고 싶어도 못 본다……. 그렇긴 하네. -_-.....

놈과 내가 한피가 섞인 건 분명한 사실인갑다. 이미 가슴 한구
석은 인정하기 싫지만…… 울컥하는 마음이 솟구쳐 오른다.

"쳇!! 오빠는…… 싸가지가 없어서 어딜 가든 몸조심하는 게

좋을꺼야. 그렇게 살다간 2년 내내 고생만 할껄!!! 그니까 착하게
굴다 와…… ┬0┬……"

　"…… 질질 짜기는…… 걱정 마라!!! 다 내 앞에 군림하게 만들
고 늠름하게 돌아올 테니까……."

　"응……. ┬0┬……"

　"그리고…… 아까 하던 말…… 현수 얘기…… 현석이나 택현
이한테 물어서 안 그래도 힘들어 하는 애들 괴롭히지 마라……."

　"알쪄. 내가 뭐 바보야!!! >_<!!"

　"바보는 바보지. 너같이 얼빵한 애 놓고 가려니까 오빠는 눈물
이 앞을 가리는구나. 히히히……."

　"-_-……"

　내일 간다는데-_- 저렇게 히죽거리며 아무렇지도 않아 보이
는 오빠.

　나름대로…… 저것이 오빠만의 이별 방식이겠지…….

269

69

　"참…… !!! 야 나가서 염색약이나 사와."

　가만히 있다말고 오빠는 봉창 두드리는 소리를 해댄다.

　하긴…… 내일 군대 가는 놈의 헤어스타일치곤 너무나 자연스
런 것이 볼상사납다. -_-

　아직도 연갈색에 찰랑찰랑-_- 니늠은 내일 훈련소 가서 엄청

나게 맞고 한 대 더 맞아야 정신을 차리지. -_-

"오빠가 사와!!!"

"이 오빠는…… 남은 시간동안 글래머 미녀들과 작별인사를 해야하니까 니가 갔다와……."

"쳇!! 내일 가니까 봐주는 거야. -_-"

오빠놈을 모니터 앞에 미녀들과 미팅을 시켜준 후-_- 난 룰루 랄라…… 염색약을 사러 나갔다.

슈퍼급 염색약 중 최고가를 자랑하는 -_-

니 머리는 소중하니까~의 로레얄을 놔두고 1200원짜리 양귀비 를 손에 쥐었다. -_-

해본 사람은 알겠지만…… 효과는 최고다!!! 3번 탈색해도 절 대 안 빠지는 약이 양귀비다. -_-

만 원을 받아서 1200원짜리를 샀으니…… 꽤 짭잘한 수입이 다. ^0^……

어우…… 난 너무나 머리가 비상해서…… 늘상…… 삶이 행복 하단 말이야. ^-^

양귀비와 거스름돈 8800원을 들고 -_- 집으로 뛰어오는 데…… 멀리 취객이 눈에 띈다.

어우…… >_< 무시라. >_<

못본 척하며 걷는데 취객이 날 발견하곤…… 뚜벅뚜벅 걸어온 다……. ㅜ0ㅜ……

절루가. ㅜ0ㅜ……

"송마빈. ^^"

"어랏? ‑_‑"

"겁먹긴…… 풋."

"어우야!!! 놀랬잖아. >_<"

그 취객은 다름 아닌‑_‑ 택현이 늄이었다. 요새는 참 말세인
것이…… ┳O┳ 대가리에 피도 안마른 것들이 매일 술질이다.

"술…… 얼마나 마신 거야? >_< 언능 집에나 가랏!!!"

"가야지. ^-^……"

"…… 차비 있어? 돈 꿔줄까??"

"그냥 주면 안되냐?"

"그…… 그냥??‑_‑a…… 글쎄……."

"농담이야. ‑_‑ 고민하기는…… 마빈아 잠깐 여기 좀 앉았다
가자……."

"…… 그래. ‑_‑"

맘 같아선 취한 놈 놓고 도망이라도 가고 싶었지만‑_‑ 같은
반 학우로서 차마 발길이 떨어지지가 않았다.

제대로 앉지도 못하는 택현이는 비틀…… 비틀…… 엉덩이를
바닥에 착지 시키는 데만 1분 여가 소요됐다. ‑_‑

"…… 마빈아……."

"왜? =_=……."

"…… 후~~."

"술 냄새나. >_<…… 절루 뺕어!!!"

"그래. ^^……"

그러더니 정말로 내 반대쪽으로 고개를 돌리곤 입 냄새를 뿜어댄다. -_-

은근히…… 순진한 녀석 같으니라구. -_-

"……후~~ 마빈아……."

"또 왜? =_=……"

"어디…… 면죄부 같은 거 빅세일 판매하는 슈퍼 없냐?"

-_-……

면죄부??

중세 말기 성당 건설과 포교를 위하여 많은 돈이 필요해 거짓으로 발행했던…… 그 면죄부-_-??

루터가 쌍심지를 켜고 반대했던 그 면죄부 말하는 거니??-_-

(… 인터넷으로 열심히 조사한 작가 -_-V)

"……그 면죄부가 말이야. -_- 내가 생각하는 그 면죄부 맞을까??"

"맞을꺼야……."

"근데 그거 꼭 빅세일 해야하니??"

"어……. 나 같은 놈은…… 죽었다 깨어나도 못 살거다. 그니까 세일할 때 사야지. ^^"

취하긴 취했는갑다. -_- 말도 안 되는 소리에 의미를 부여하는걸 보면…….

"…… 글쎄?? 세일하는 곳 찾으면 너한테 제일 먼저 연락해 줄게. –_–"

"그래라. ^^…… 난…… 꼭 그거 사서 천당 가야하니까……
홋. 그래야…… 우리 현수…… 우리 현수 만날 수 있어. 미안하다
고 말해야 돼……."

…… +_+……

현수??

내가 그토록 궁금해 하는_

그 현수?

70

맘 같아선…… 취한 놈을 묶어놓고라도 다 물어보고 싶었지
만…… 수빈이 오빠가 절대 먼저 얘기 꺼내서 애들을 힘들게 하
지 말라는 당부했었다.

입…… 묵념!!!–0–!!!!

"천당에 있다는 그 현수…… 너 꼭 만나게 될꺼야. ^^ 내가 내
일부터 면죄부 파는 곳 알아 볼게. –_– 택현아 화이팅!!!–_–!!!"

"홋……."

그렇게 취한 놈은 아래로 쏟아지는 머리에 힘을 주며–_– 나름
대로 진정하기를 노력해댔고 난…… 그런 놈을 안쓰럽게 봐줬다.
–_–V

"송마빈…… 내가…… 정말 어려운 퀴즈 하나 낼게 맞춰봐."

"내가 머리는 좋아도…… 퀴즈에는 약한데? >_<"

"상품은…… 닭꼬치 10개다!!"

"어우야 >_< 빨리 내봐!!!! 궁금해 궁금해!!"

"잘… 들어봐?"

"응응!!!"

"…… 너 현석이 좋아하지?"

"-/////-…… 퀴즈 낸담서 무슨 소리야!!!"

"암튼…… 인정 해봐. -_- 그래야 낼 수가 있어."

"아니지만-_- 그렇다고 치고 어서 내봐!!내봐!!!"

"그래…… 니가 좋아하는…… 현석이랑 내가 동시에 물에 빠졌어."

"넌 수영을 잘 하잖아. -_-"

"나랑 현석이는 수영을 못한다고 가정해. 너만 수영을 잘 한다고 생각해봐."

"-_-…… 억지쟁이."

"퀴즈 그만 할까?"

"아냐아냐아냐. >_< 어서 내봐……. 다시 정리!! 난 수영을 잘하고 니네 둘이 못해. >_< 근데…… 둘이 물에 빠졌다구?"

"어…… 제대로 요약했어!!! …… 후…… 그럼…… 넌…… 누굴 먼저 구할래?"

"-_-…… 모야…… 무슨 퀴즈가 그래……? ㅜ0ㅜ."

"대답해 봐……."

274

"…… 글쎄……. -_-a"

"…… 현석이를 구하겠지?"

"…… 몰라몰라. 〉_〈"

"모르긴 몰 몰라. -_- 대답하라니깐……."

"몰라. 〉_〈 비밀이얏!!"

정말 그런 상황이라면…… 택현이에겐 미안하지만…… 그래…… 난 현석일 먼저 구했을 거 같애.

"땡!! 마빈이…… 퀴즈…… 틀렸어."

"…… 모야 그게!! 그딴 문제가 어딨어!!!"

"니가…… 나라고 말했건 현석이라고 말했건 넌 틀렸어……. 있지…… 사람이 물에 빠지면 말이야…… 심리적으로 가까이에 있는 사람을 먼저 구하게 돼……."

"…… =_=……."

"그게 정말 위급할 때 나타나는 사람의 심리야……. 분명 그거야……. 그거야…… 그거야……."

하며 넘은 내 어깨에 스르르 기대어 잠이 들어버렸다. -_-

뎅장!!!!

말도 안 되는 퀴즈를 듣고 있는 게 아닌데…… ㅜO ㅜ 닭꼬치 10개에 눈이 멀어…… 암담한 상황을 만들고야 말았다.

한참을 고민하다가 오빠에게 콜을 하곤…… ㅜO ㅜ 함께…… 실려 보내버리고 집까지 터덜터덜…… 걸어왔다.

사람이 물에 빠지면…… 정말…… 가까이에 있는 사람부터 구하게 되는 건가??

나도 모르게-_- 말도 안 되는 취객이 낸 퀴즈에 의미를 부여해댄다. -_-

71

택현이 녀석의 술질 때문에 ┯0┯ 오빠는 어의없게도 그 녀석과 새벽까지 또 과음을 했단다. -_-……

그러곤 바쁘게 아침에 들어와 양귀비로 대충 염색약만 바르곤 -_- 군대란 곳으로 떠난다며 분주하다.

276

참…… 어이가 없다. -_- 눈물이나 조금 흘려주고 보내려고 했는데 아무…… 심경의 변화도 없이 오빠는 씩씩하게-_- 부모님께 큰절을 하고 뚜벅뚜벅…… 대문 밖으로 나갔다.

오빠가 가고 난 후 열려있는 오빠의 방으로 들어갔다.

가는 길에 좀 곱게 좀 해놓고 가지-_- 여기저기…… 널부러진 담뱃재하며 흐트러진 옷가지들_

끝까지…… 누가 송수빈 아니랄까봐 그럴싸하게 자기영역을 표시해놓고 갔다. -_-……

하나 하나…… 정리를 하기 시작했다. -_-^

-_- 챙기는 척 하고 굴러다니는 동전들과 쓸모있는 물건들은 잊지 않고 주머니 속에 넣고 있었다. -_-

건강하게 잘 다녀와라. -_- 내…… 너의 영역을 잘 지키고 있으마…….

　바쁜 아침을 보내고…… 학교로 서둘러 향했다.

　현석이는 2교시가 끝나고서야…… 헉헉대며 등교를 했고- - 택
현이는 어제의 과음 탓인지 아직 등교를 하지 않았다.

　"짝꿍 지각했네. = _="

　"어…… 의정부 갔다 왔어."

　"…… 의정부? 의정부는 왜?"

　"수빈이형 배웅하러……."

　"나도 안 갔는데…… 니가 왜가 - _-?"

　"이유는 간단해. - _-^ 나니까 간 거고… 너니까 형이 안 데리고
간 거지….."

　"쳇쳇. - _-"

　"…형이 너한테 이렇게 전하라드라. - _- 흠… 흠… 송마빈… 정
신 똑바로 차리고 공부 열심히 하래. 그리고 또 먹을 것은 그만 밝
히고 마지막으로 짝꿍말 잘 들으면 자다가도 떡이 생긴데드라…."

　"- _- 모야…."

　"뻥이야. - _-"

　"- _-^…."

　"너… 건강하래."

　"… 아… 응…. ┬O┬"

　"울… 어?"

　"안 울엇!! >_<"

"우네…. -_- 눈에서 나오는 건 그럼 침이냐?"

"아냐… 아냐 안 울어. ㅜoㅜ…"

"울지마…. 형 진짜 남자가 되기 위해 간 거야."

"응… ㅜoㅜ 안 울어…. 안 울어…."

쓸데없이-_- 눈물이 나와버려선… 현석이 앞에서 톡톡히 망신이다.

오전 수업 내내… 중요하지 않은 인물 덕에 난 눈물을 뽑아냈고… 현석인 옆에서… 티슈를 하나씩 획획 던져댔다. -_-

넙죽 넙죽 잘도 받아서… 닦았다. ㅜoㅜ…

아웅…. ㅜoㅜ…

이런 기분으론 도저히 수업을 들을 수가 없다.

"훌쩍… 짝꿍아 나… 수업듣기 싫어. ㅜ^ㅜ"

"언제는 들은 거처럼 얘기하네^-^ㅗ?"

"-_-… 그래 그건 맞는 말인데 말이지…. 오늘은 교실 밖으로 용감한 일탈을 해보고 싶다 이말이지. 〉_〈"

"그럼… 땡땡이 치겠다고?"

"응. 근데 혼자는 겁난다…. ㅜoㅜ… 같이 가주라. 내가 피자 사주께. -_-"

"훗… 그래…."

하며 녀석은 나의 말이 끝나기가 무섭게 행동으로 옮겼다.

"선생님!!"

=_=… 어우야… 너 모하는거야?

"제 짝이 고통을 호소 하는데여…."

"어디가 아프니?? 많이 아픈거니?"

"말씀드리기 민망한 곳입니다…. 다녀와서 말씀드릴게요. 수업 하십시오."

하며 ㅡ_ㅡ…

날 질질끌고 뒷문으로 델구 나왔다…. ㅜ0ㅜ…

2권에서 계속

러빙유 vol.1
LOVING YOU~

초판 1쇄 인쇄 2003년 7월 30일 / 초판 1쇄 발행 2003년 7월 31일
지은이 질투의 화신 (박윤희)
펴낸이 박대용 / 편집, 기획 최선영 · 임혜란
인쇄 대정인쇄 / 출력 프레스파크

펴낸곳 도서출판 징검다리 / 등록 1998년 4월 3일 (제10-1574)
주소 서울시 마포구 합정동 426-1
전화 3143-1966 · 332-3880 / 팩스 3143-2757
e-mail zinggumdari@hanmail.net

ISBN 89-88246-57-8,   ISBN 89-88246-56-X(세트)